Destiny

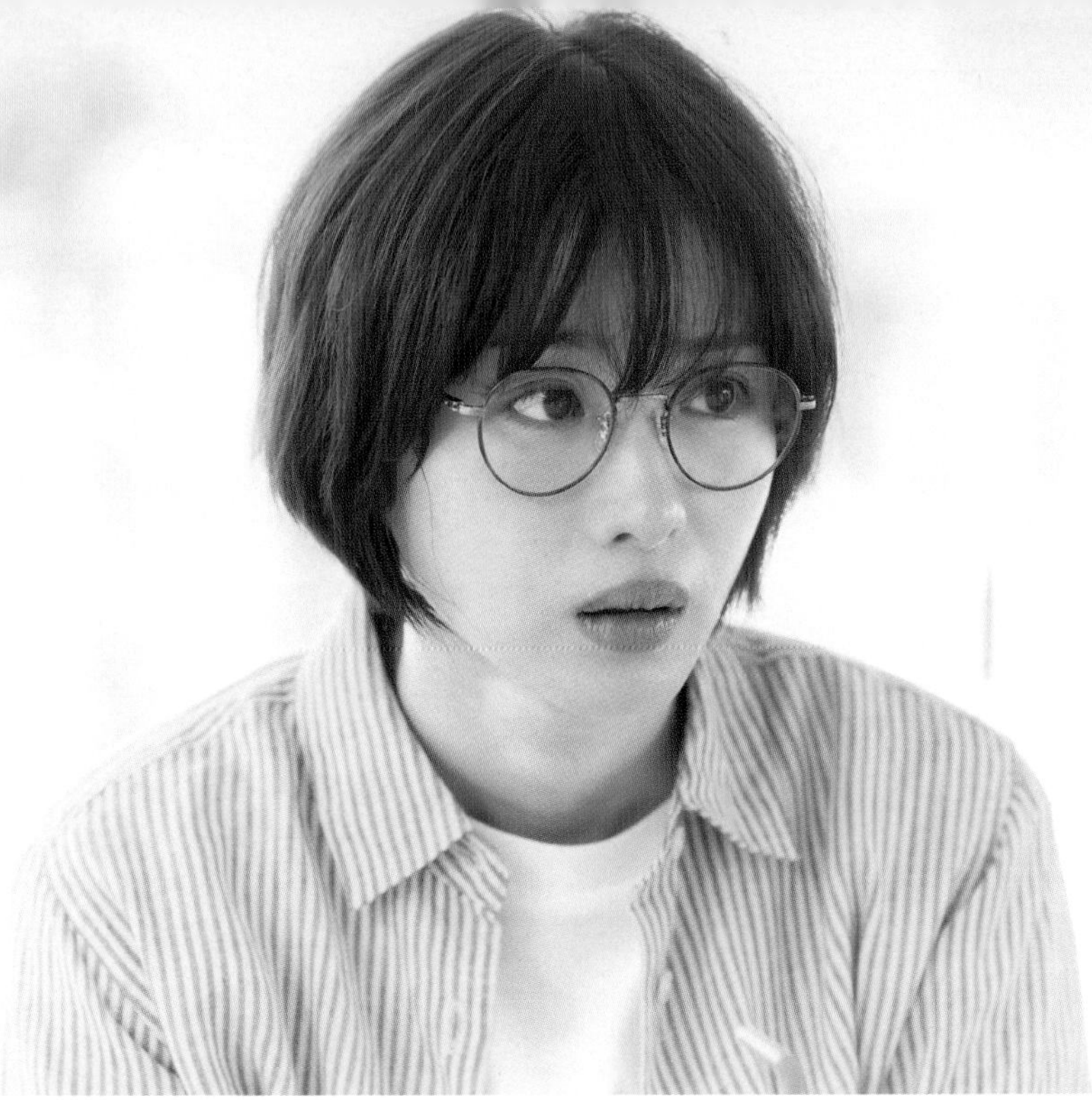

人物相関図

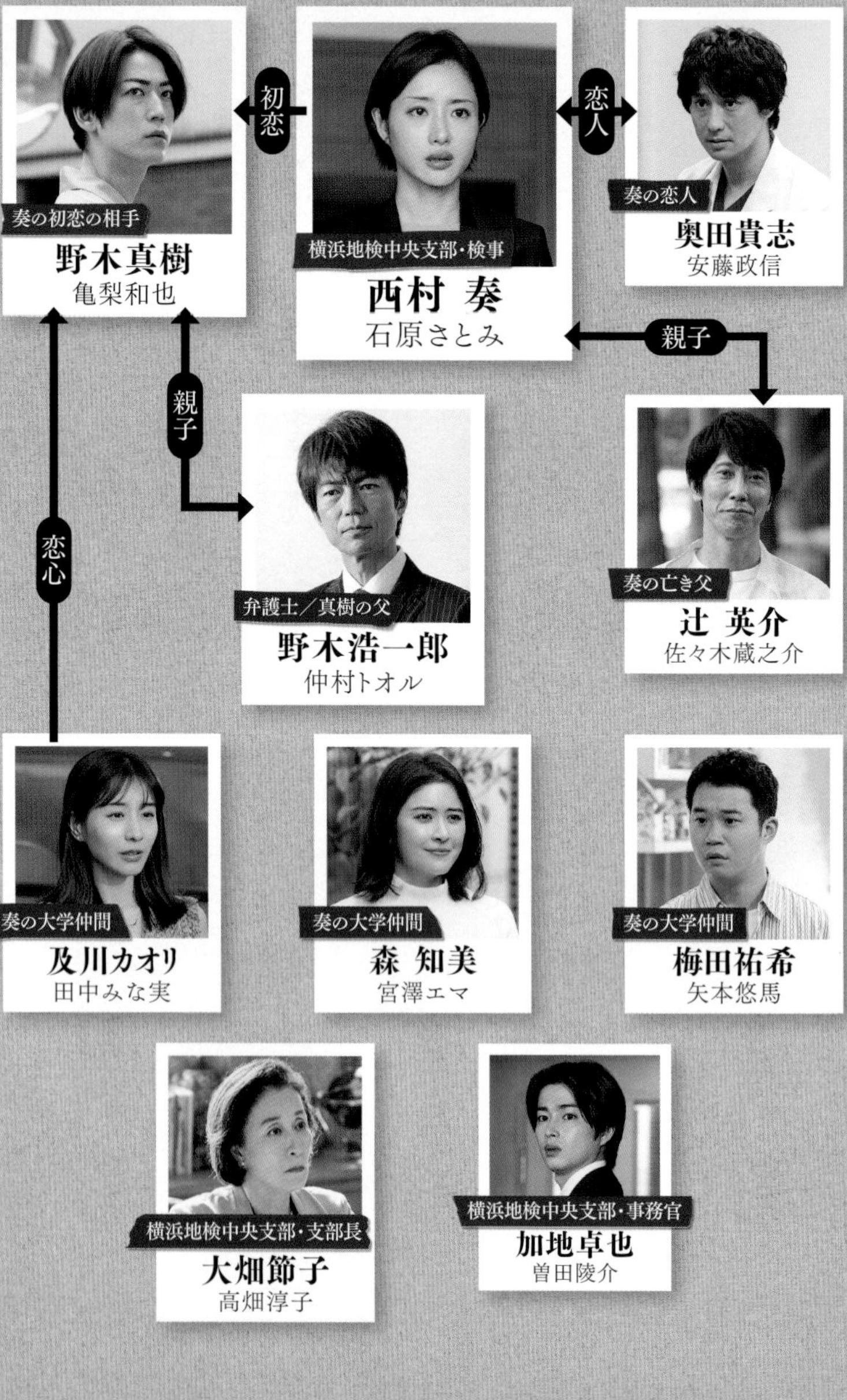

初恋
恋人
奏の初恋の相手
野木真樹
亀梨和也
横浜地検中央支部・検事
西村 奏
石原さとみ
奏の恋人
奥田貴志
安藤政信
親子
親子
恋心
弁護士／真樹の父
野木浩一郎
仲村トオル
奏の亡き父
辻 英介
佐々木蔵之介
奏の大学仲間
及川カオリ
田中みな実
奏の大学仲間
森 知美
宮澤エマ
奏の大学仲間
梅田祐希
矢本悠馬
横浜地検中央支部・支部長
大畑節子
高畑淳子
横浜地検中央支部・事務官
加地卓也
曽田陵介

Destiny

シナリオブック

上

脚本・吉田紀子

contents

※シナリオ中の「N」はナレーションを意味します

第 1 話

Destiny *episode:1*

横浜地検・中央支部・一室　～2024年～

取り調べの準備をするひとりの女性検事の姿がある。
西村奏（35）。
几帳面に書類を揃え、筆記用具や眼鏡等、必要なものを用意し始める。
その奏の姿に重なり――
奏の呟く声が、次々と聞こえてくる。
（聞き取れない位の小さな声で）

奏の声「検事の西村と申します」
奏の声「あなたには黙秘権と言って言いたくないことは言わなくても良い権利があります」
奏の声「あなたは今回〝現住建造物等放火〟という罪で逮捕されました」
奏の声「ではお名前からご確認いたします。（警察署からの送致書を読み上げ始める）」

奏、上着を着て、廊下へ。

奏の声「今読み上げた事実について、あなたがしたことに間違いありませんか」
奏の声「（もう一度）間違い、ありませんか」

同・廊下

廊下を歩く奏の足元。背中。そして、横顔。
コツコツと廊下に響く、奏の足音。

奏N――検事になりたいと思ったのは、中学三年の秋のことだ

回想・フラッシュ（東京）

・自宅玄関。靴を履き出て行く制服姿の奏（15）

奏N――十五歳の私。その朝、学校へ行くために家を出た

回想・フラッシュ

・足早に歩く奏。交差点へ

奏N――が、横断歩道を前に、突然体が動かなくなった

回想・フラッシュ

・横断歩道を前に、立ち尽くす奏

奏N――震え。予感。胸騒ぎ

回想・フラッシュ

・突如、踵《きびす》を返し走り出す奏。走る！

奏N――慌てて家に引き返した私が

回想・フラッシュ

・子ども時代の奏。父英介の優しい笑顔（以下、断片的に）

・英介を追いかける五歳の奏

・そのはしゃいだ声

・〝カナカナおいで〟と、英介に促され、二人で歩いた公園

・小学校入学式

・英介逮捕の週刊誌記事の見出し。『環エネ汚職事件でっち上げ⁉』『現職検事逮捕か⁈』『検察の失墜！』等の文字がごく短く映し出される

・自宅の玄関を駆け抜け、父英介の書斎のドアをバッと開ける奏

奏N――そこで見たものは――

回想・フラッシュ

・英介の動かない足先

・傍らには離婚届

・立ち尽くす十五歳の奏の制服の後ろ姿

奏N――真実を知りたい。ただそれだけで検事を目指した

回想・フラッシュ

・次々と映し出される1話~9話の衝撃シーン

・例えば、カオリの事故・真樹の失踪・再会・喧嘩

・真樹と野木との確執・火事・逃避行等々

奏N――思いは今、現実となり、私はその扉を開く

歩く奏。

奏N――この愛が、本物かどうか知るために奏、取調室のドアを開ける。

奏N――私は愛する人を――

待っている被疑者の影。

奏N――あなたはこの愛を裁けますか

画面、白く弾けて――

国立・信濃大学　~2010年　夏~

緑豊かな信州の風景。彼方に広がる山々。

その中にある国立大学。

キャンパスに響き渡るセミの声。

奏N――初めて彼と会ったのは、大学二年の夏のことだ

同・法学部・大教室

期末試験が始まろうとしている。
いかにも真面目そうで、ちょっと野暮ったい女子大生。眼鏡をかけた奏が、席に座っている。

奏「――」

するとすぐ横に、ピタッと座って来るチャラそうな男子学生。野木真樹《まさき》。

真樹「（奏の耳元にそっと囁く）見せて」
奏「（ギョッとして、声の方を見る）――？」
真樹「見せて。おねがい」
奏「（痴漢か変態かと）?!――な、何（絶句）」
真樹「（小声で）か、ん、に、ん、ぐ」
奏「（は？）」
真樹「ヤバイの。コレ落とすと」
奏「――。イヤ、無理だから（体を横に向け、拒否する）」
真樹「たのむよ（横にひっつく）」
奏「だからムリ」

押し問答していると、試験官が入って来てしまう。

奏「!!」

試験が始まっている。
結局、見せている奏。
平然とカンニングする真樹。

奏「（〝なんだコイツ〟という顔で、見て）――」
奏N――それが、私の犯した〝初めての犯罪〟だった

同・キャンパス（一週間後）

奏が、ひとりで歩いていると。
真樹が、お洒落な女子大生二人（及川カオリと森知美）と、楽しそうに話してい

る。

真樹、時々カオリの髪を触ったりしている。

奏「――（彼女かと思うが、無視して通り過ぎようとする）」

と。真樹、奏を見つけ、駆け寄って来る。

奏「!!（無視し、足早に逃げるように歩く）――」

が、ストーカーのようについて来る真樹。

奏「（ムッとして、振り向き）あの！　ついて来ないでもらえ（ますか）」

真樹「いいの？　コレ落としたけど」

真樹、ハンカチを差し出す。（それは、奏が子どもの頃から大切に使っている、ウサギの模様の古いタオルハンカチ。〝カナカナ〟と刺繍されている）

奏「（恥ずかしくなり！）あ」

と、慌てて取ろうとすると。

真樹「（スッと隠し）この間は、サンキュ」
奏「いえ」
真樹「おかげさまで（と、成績表を見せる。かろうじて及第点の〝可〟）」
他の科目も、体育を除きほとんどが〝可〟か〝不可〟。
奏「それはそれは（と、ハンカチを取ろうとする）」
真樹「（隠し）法学部？」
奏「!!　そう、だけど（取ろうとする）」
真樹「オレも（隠す）」
奏「！　ふうん（取ろうとする）」
真樹「（隠し）知らない？　オレのこと」
奏「（取ろうとする）知らない」
真樹「（隠す）見たことない？」
奏「ないけど！」
そこへ、横から入って来る知美とカオリ。

カオリ「やめなよ。マサキ」

知美「たまに学校来るとコレだし。（奏に、マサキから取り上げたハンカチを渡し）西村奏さん？だよね」

奏「そうですけど」

知美「隣のクラスの森知美。社会保障法学で一緒でしょ」

奏「あ。どうも」

カオリ「私は、カオリ」

奏「（会釈する）」

奏N――この二人のことは、なんとなく知っていた。男子の多い法学部の中で、ちょっと目立つ存在だったからだ

知美「コイツはマサキ。たぶん西村さんと同じクラスだよ」

奏「え」

真樹「（ニヤッと笑う）」

同・カフェテリア

テーブルを囲み話している知美、真樹。奏。

奏「え。今年になって大学に来たの、三回目？」

真樹「大学には来てるよ。講義に出ないだけで」

知美「講義に出たのが三回目なんでしょ？」

カオリ「そうそう（と、言いながらクリームソーダを運んで来る）」

奏「（真樹に、真顔で）どうして」

真樹「興味ないし」

奏「でも、単位は落としたくないんだ」

真樹「別に落としてもいいんだけど」

奏「じゃなんで（小声で）〝カンニング〟なんか」

真樹「だってゾクゾクしない？（と、笑う）」

奏「（唖然）――」

知美「コイツとまともに会話しようと思わない方がいいよ。人間のクズだから」

カオリ「人として、どうかしてるから」
真樹「（なぜか、うれしそうに）え。オレそんなクズ？」
カオリ・知美（ほぼ同時に）「でしょ～」「だよね」
知美「でも今時、あんまりクズっていないから。新鮮」
真樹「ありがと。ボロクソ褒めてくれて」
と、言いながら、勝手にカオリのクリームソーダを飲む。
奏「（内心驚いて）――」
真樹「げ。やっぱマズ」
カオリ「いいでしょ、好きなんだから」
「ベロだしてみ、真ミドリになってっぞ」「イヤ」などと、じゃれるような真樹とカオリ。
奏N――トモもカオリもマサキも、今まで会ったことのない人種だった
奏「（そのやり取りを呆然と見ながら、知美に）――彼女さん。ですか」
知美「（マイポットのお茶を飲みながら）違う、と思うけど？」
真樹「カナカナも飲む？（クリームソーダを差し出す）」
奏「な、なんで（カナカナって）」
真樹「それ（ハンカチ。カナカナと刺繍してある）。いつからつかってんの。幼稚園？」
奏「――（慌ててハンカチを隠す）」
真樹「ねえ。たぶんだけど――」
と、言いながら、スッと奏の顔から眼鏡を外す真樹。
奏「!!」
真樹「な？」
カオリ「ウン。カワイイ！」

知美「いいね」
　そこへ、のんびりやって来る梅田祐希。
祐希「なんだ、ここにいたの？　みんな（と、奏を見て）？」
知美「（祐希に）かなで。カワイイでしょ」
奏N――父の事件以来、息をひそめるように過ごしていた高校時代。勉強以外支えはなく、ただひたすら真面目なだけが取り柄だった私に
祐希「（よく分かっていないが）うん。カワイイ！」
奏「――」
奏N――友だちができた

以下、モンタージュで（楽しい日々）

奏N――カオリ、トモ、マサキ、ユウキ、そして私
　・キャンパスを歩く皆の姿
　カオリ、知美、真樹、祐希、奏
　・各々の楽しそうな笑顔
奏N――私たちは、いつも一緒だった
　・カオリの車で、ドライブする一同！
　・車内で歌を歌う面々
　・そのはしゃいだ顔。スピードがちょっと怖い奏
奏N――私にとって初めての青春の日々
　・河原でバーベキュー。はしゃぐ一同
　「早く焼けろ！」「肉！　肉くれ～」「ひとり三切れだよ！」等
奏N――ようやく、胸いっぱい息を吸える気がした
　・川で、水をかけあう一同
　・逃げる男子。追う女子。一番激しく水をかけているのは、なんと奏！
奏N――心から笑える日が来るなんて

国立・信濃大学・法学部・小教室

授業を受けている奏、知美、祐希、カオリ。

奏、知美、祐希は熱心に。カオリは寝ている。

同・廊下

奏たちが出て来ると。ひとり壁に寄りかかり、待っている真樹。

真樹「（皆を見つけ寄って来る）」

カオリ「ここまで来てるなら、入りなよ」

真樹「え。遅刻とか恥ずかしいじゃん」

知美「（ボソリ）恥ずかしがるようなキャラか」

真樹「（スルーし）昼食いに行こ。あ、ノート見せて」

知美「ヤダ」

真樹「いいじゃん」

知美「ヤダね」

真樹「トモのケチ。じゃカオリ」

カオリ「ゴメン。ねてた」

真樹「じゃあ、カナカナは？」

奏「やめて。そのカナカナっていうの」

真樹「え。カナカナってかわいくね？　蝉みたいで（ひぐらしの鳴き声を真似する）」

カオリ「マサキ、最近よく学校来るよね」

真樹「え。そう？」

カオリ「特にかなでと一緒の授業の時」

祐希「ねえねえ。オレには聞かないの」

真樹「何を」

祐希「ノート」

真樹「借りても、どうせ字読めねえし」

祐希「ひでえ。ホントのこと言うなよお」

知美「認めてるし（苦笑）」

カオリ「確かに汚ったない字だけど」

奏「ウン。読解不能」
祐希「うわ。カナカナカナまで」
奏「だからそのカナカナってやめて」
　一同。楽しそうに笑い、じゃれあうように昼食へ。

夕暮れの丘（別の日）

　ドライブの帰り。
　日本アルプスの山々に沈む夕陽を見つめながら——
祐希「すげえ」
知美「きれいだね。絵に描いたみたい」
奏「ウン」
真樹「——」
祐希「オレ、やっぱ、うちの大学来てよかった」
　カオリ。いつになく真面目な顔で——
カオリ「（ポツリ）私たち、ずっとトモダチでいようね」
四人「——（突然のカオリの発言に、シーンとしてしまう）」
　少しの間があって——
祐希「うわ。今めっちゃベタなこと言ったの誰！誰！」
知美「（冗談めかし）空耳？　幻聴じゃないの」
真樹「（も、ふっと笑う）」
カオリ「え〜。人が真面目に言ってるのに!!!　真面目にそう思ったのに！」
真樹「そうだよ。だから茶化すなよ、ぼくたちの友情を（と、茶化した感じで）」
カオリ「もう！　せっかくの夕陽が台無し！　友情が台無し！」
　と、騒いでいると。
　ずっと黙っていた奏が、不意にポツリと。
奏「ハンカチのことなんだけど——」

四人「？（と、奏の方を見る）」
知美「ハンカチ？」
奏、例のハンカチを握りしめ
奏「子供の頃、お父さんが私のこと、いっつもカナカナって呼んでて」

フラッシュ・休日の公園

・幼い奏を手招きする父英介「カナカナ。おいで！」
・英介のもとへ走る奏
・奏を抱き上げた英介の笑顔
「よ～し、いい子だ」「ん。重くなったなんじゃないか。カナカナ」と、わざとよろけて見せる

奏「それで、お母さんがカナカナって刺繍しちゃって」

四人「（何を言い出すのかと）――？」
奏「うちのお父さん。私が中学三年の時、死んじゃったんだよね」
カオリ「そうなんだ」
知美・真樹・祐希「――」
奏「その頃まだ、東京に住んでたんだけど」
真樹「――」
奏「離婚届だけ残して。自殺（自嘲的に少し笑う）」
――
カオリ。知美。真樹。祐希。内心の驚き
知美「自殺――って」
奏「仕事のことで色々あったみたい」
カオリ「仕事？」

フラッシュ（自殺前夜）

・深夜、自宅書斎から聞こえて来る英介

の話し声
・ドアの隙間から漏れている薄明り
・電話をかけている英介。（仕事の話のようだ）
「（低く）ハイ。はい。――え（と、絶句）。わかりました。出頭は私だけですか」
・ドアの隙間から、その〝背中〟を見つめる十五歳の奏（自殺前夜の英介のその孤独な背中が、鮮明に奏の心に残る）

奏「検事だったの。東京地検の」
祐希「検事」
奏「（うなずき）それで。お母さんとふたりで、お母さんの実家の長野に越して来て」
真樹「――」
奏「でも、結局お父さんのこととか、すぐ噂になっちゃって。友だち全然いなくて。勉強ばっかりしてて」
知美「それで法学部に来たの」
奏「司法試験、受けたかったから」
真樹「――」
奏「でも、大学に入っても、なかなか心開けなくて。このまま、また四年間、ぼっち生活が続くのかなって」
真樹「――」
奏「だから今、すごく嬉しい。みんながいてくれて」
カオリ・知美・祐希「――」
奏「ゴメンね。なんか重い話しちゃって。でも、言えてよかった。初めて。このこと誰かに話したのは」
一同「――」

カオリ。もう一度。

カオリ「私たち、トモダチでいようね。永遠に」
知美「だね」
祐希「うん」
真樹「――」
奏「ありがとう」
夕陽がいつか沈みかけ、山々はシルエットになっている――
その山々を、いつまでも見つめている一同。
奏N――その言葉にウソはなかった

テロップ　二年後

奏N――なのに。最初に裏切ったのは――

国道（夕方）

夕立。

滝のような雨が、フロントガラスに叩きつける！

その中を運転している真樹。（車は真樹の中古車）

助手席にいるのは、奏。

奏の携帯にメールが、次々着信する。

『いまどこ？　こっち凄い雨で出られない』祐希。

『図書館だけど、これ絶対中止じゃないの』知美。

『やだ～。こんなんじゃ運転できない』カオリ。

真樹「なんだって？」

奏「ユウキ雨で出られないって。トモも図書館で。絶対花火中止でしょって（と、言いかけた時）」

落雷！

奏「キヤッ!!」

真樹「大丈夫だよ。車には落ちないから」
　と。ワイパーが壊れて止まってしまう。
　滝のような雨で、前方が全く見えなくなる！
奏「ウソ。ワイパー、動いてない！」
　焦る奏。真樹も内心焦ってはいるが、
真樹「の、ようですねえ」
奏「(そ、そんな)――」
真樹「うわ。すげ。ウォータースライダー」
奏「前見えないよ。大丈夫」
真樹「死ぬときは一緒(と、笑う)」
奏「ええ。やだぁ。まだ死にたくない(と、泣きそうに)」
真樹「そう？　オレ、かなでと一緒なら、死んでもいいな」
奏「え？」
　また。ドドーン!!　と落雷。

奏の声「きゃあ！　とめて。どこか。とめて!!」

高台の駐車スペース(夕方〜夜)

　日は暮れかけ。雨は、小降りになっている。
　誰もいない高台に車を停め、雨が止むのを待っている奏と真樹。
奏「(知美からのメールを見て)やっぱり、中止だって信州花火。カオリもユウキも来ないって」
真樹「そう」
奏「どうする？」
真樹「もう少しここにいる？」
奏「え。なんで」
真樹「花火の代わりに――」
　雨上がり。
　すでに日は暮れ、周囲は闇に包まれてい

る。

その中に、停まったままの車。

ヘッドライトの灯りを消す真樹。

すると。漆黒の闇の中――

夜空に、満天の星が浮かび上がる。

降るような星空だ。

その無数の星が、一斉にきらめき始める。

奏「（息を呑み、夜空の星を見つめる）――初めて。こんな星空見たの」

（星の美しさに見惚れながらも、本当はすぐ隣にいる真樹のことだけが気になっている奏。肩が触れ合う位近くにいる真樹の存在を、異性として強烈に意識してしまう）

真樹「オレも初めて。（わざと真似して）こんな星空見たの」

奏「――。（もう！）じゃなんで、ここ知ってるの」

真樹「ぐうぜん」

奏「うそ」

真樹「（ちょっと笑う）」

奏「ライトまで消しちゃ（って）」

と、言いかけた時。

不意に、真樹がキスしてくる。

眼鏡をかけたままの奏。

奏「（小さく）あ」

眼鏡が顔に当たってしまう。

真樹「（黙ったまま、奏の眼鏡を取る）――」

もう一度キス。

真樹「かなで。好き」

奏「――」

奏のカーディガンをそっと脱がし、その首元に口づけをする真樹。

奏、戸惑いながらも――抗わない。

（真樹がヘッドライトを消した時から、こうなることをどこかで期待していたのかもしれない）

真樹の部屋（夜明け）

真樹のベッド。裸のまま、真樹の横にいる奏。

真樹「（も、裸のまま）手。出して」
奏「?」
真樹「絶対離れない手のつなぎ方って、知ってる?」
奏「（少し考え）――手錠をかける。とか」
真樹「まさか――（と、笑い）さすが検事志望」
奏「（恥ずかしくなり）――」
真樹「こうやって。（手で）Lを作ってここをこう（握る）」
奏「――」
真樹「ふりほどいて」
奏「（ふりほどいてみる。が、ほどけない）」
真樹「ね」
奏「――」
真樹「子どものころ。オレ、落ち着きのない子でさ」
奏「今も」
真樹「（苦笑）今もか」
奏「（も、ちょっと笑う）」
真樹「いっつも母親がこうやって、手握ってた」
奏「そうなんだ」
真樹「でも――」

と、言いかけ黙ってしまう真樹。

奏「?」
真樹「いなくなった。――ある日、消えた」
奏「――（内心の驚き）」
真樹「かなで。好き。――離さない」

奏「私も」

もう一度抱き合う二人。

奏。真樹に聞こえないような小さな声で。

奏N――愛されていると思ってた人に、消えられるって。キツイ――よ、ね

国立・信濃大学・カフェテリア

眼鏡をやめて、コンタクトにした奏の顔を。

クリームソーダを飲みながら、じーっと見つめているカオリ。

カオリ「私がいくら言っても、やめなかったくせに」

奏「?」

カオリ「眼鏡。コンタクトにしたの?」

奏「うん。やっぱりがんばってみようかと思って」

カオリ「フウン。かなで、なんかキレイ。キラキラしてる」

奏「(戸惑い)――」

そこへ、やって来る真樹。

真樹「なあ。カラオケ広場いかね? ただ券もらった」

奏「カラオケ?」

真樹「ウン」

カオリ「行かない。午後から民法あるし」

真樹「え。いいじゃん。(行こうよ)」

行ってしまうカオリ。

真樹「(追いかけ)カオリ!」

カオリ「(知らん顔して歩く)」

真樹「わかりやすく不機嫌な顔すんなよ」

と、カオリのほっぺたを、ムギュッと指でつまむ。

カオリ「やだ。何すんの」

カオリもやり返す。

真樹「いってえ」

カオリ「先にやったのそっちでしょ」

と、言いながら、じゃれ合うような二人。

その様子を――。複雑な思いで見ている奏。

奏「――（小さく嫉妬心）」

知美「（来て）カオリ、七井物産。落ちたんだって」

奏「（驚き）え。でも、絶対大丈夫――って」

知美「最終面接で、ダメだったって。就活うまく行かなくて、ちょっとメンタル不安定かも」

奏「そうなんだ」

ふざけているカオリと真樹。

知美「カオリってさ。いっつも〝私は、一番欲しいものが手に入らない〟って、言うじゃない」

真樹とふざけているうち、だんだん機嫌がよくなっていくカオリ。

奏「うん」

知美「家もお金持ちだし。車だって、洋服だってバッグだって、めっちゃ高いの持ってて、よく言うよとか思うけど」

無邪気なカオリの笑顔。

奏「――」

知美「ま、それを口に出して言うのが、カオリのかわいいところか」

奏「だね」

苦笑しつつ、カオリと真樹を見ている奏。

奏N――カオリが、マサキを好きなことには、気づいていた

奏「――」

奏N――でも、気づいているのに、気づかないフリをした

真樹の部屋（夜）

母悠子に携帯メールを打っている奏。

『今夜は、トモのところに泊まって勉強します。』

奏「――（送信する）」

真樹「ウソつき」

と、背中から奏を抱きしめる真樹。

奏「そうだよ。悪い?」

真樹「――」

奏「（すねたように）誰のために、ウソついてると思ってるの」

真樹「（抱きしめながら）いいよ、別にオレは。かなでんち行って、〝彼氏です。いつもかなでさんには、泊まってもらってます〟とか、言うよ全然」

奏「あのね――」

と、言ってから。急に真顔になり

奏「カレシ。で、いいの?」

真樹「ダメなの」

奏「いいよ。もちろん（嬉しい）」

キスするふたり。

奏N――だって。〝初めての恋〟だったから

同・夜明け

真樹の部屋で朝を迎える奏。

爆睡している真樹。

奏「（その顔をじっと見つめている）――」

奏N――マサキを、誰にも渡したくなかった

奏、そっとその顔に触れようとする。

と、パチッと子どものように目を覚ます真樹。

奏「!! 起こしちゃった?」

真樹「おきてた（とニヤリ）」

奏「げ（恥ずかしくなり、毛布をかぶる!）」

真樹「何が〝げ〟だ（毛布の中で、奏に抱きつく）」

ふたり、いちゃつく。

奏N――何て、浅はかで傲慢な――恋

国立・信濃大学・図書館　～夏～

奏が、ロースクール用の問題集を解いていると、知美が横に来て座る。

奏「（以下、小声で）あれ？　カオリは？」

知美「就職課。なんか全然就職決まらなくて、焦ってるみたい」

奏「そう」

同・キャンパス内

ひとり、つまらなそうに、歩いているカオリ。

カオリ「――」

廊下にいたクラスメートが声をかけると、愛想笑いを返すが、通り過ぎた途端、その笑顔がすっと冷め、不機嫌な顔になる。

祐希「（歩いて来て）アレ？　図書館行かないの。トモたちいるよ」

カオリ「私、関係ないもん（と、だけ言い去る）」

廊下に落ちていた空き缶を、蹴飛ばす！　が、遠くへは飛ばず、コロコロと転がる。

奏N――それは、就活のことだけではなく、私とマサキのせいでもあることは、わかっていた。けれど。心の中で、必死に打ち消した

同・図書館

奏N――目の前にロースクールの受験も迫っていた――

知美「（以下小声で）やっぱり私、首都法科も受けようと思って」

奏「そうなの」
知美「かなでは？　どうするの」
奏「うちは、もともと私立は無理だし――国立一本かな」
祐希「（来て）カオリ、超機嫌ワル～」
知美「やっぱり？」
祐希「よくあんなに、〝素の自分〟出せるよな」
知美「（すかさず）アンタだからでしょ」
奏「（同時に）ウン」
祐希「（思わず大声で）え～～オレ!?　ひでえなあ～～」
周囲の生徒たち。冷たい視線で振り返る。
知美・奏「シー」
祐希「――」
知美「さ。勉強しよう。勉強。卒論も仕上げなきゃなんないし――時間ないよ」

真樹の部屋

焼きそばを、一緒に作っている奏と真樹。
奏「カオリ、まだ就職決まらないみたい」
真樹「らしいね」
奏「知ってたの？」
真樹「電話来た。あ、醤油もうちょっと足して」
奏「（カオリの電話は、内心複雑だが）ウン」
真樹「そうそう。その方がうまいから」
出来上がった焼きそばに（マヨネーズをかけ）食べながら
奏「私、ロースクール、やっぱり東京へ行こうと思う」
真樹「（関心なさそうに）そっか。（食べながら）検事目指すの」
奏「――ウン」
真樹「（軽い感じで）すげえなあ。トモも、かなでも。あと二年勉強して、そっから司法試験って。

半端ないよね」
奏「(他人事のように言う、真樹の将来が気になり) マサキは？　卒業したらどうするの」
真樹「――なんも考えてない。てか、卒業できるかなあ」
奏「―― (呑気なマサキが不満で)」
真樹「なんか――。今の世の中って、どうなの？」
奏「(棘のある感じで) え」
真樹「日本の半分がこんなことになっちゃって――。町とか家とか流されて、家族が死んだ人とか沢山いるのに。オレたちこんな風に普通に生きてて。就職とか普通にしていいのかなって。イヤ、お前が言うなって感じだけど」
奏「ホントだね」
真樹「え」
奏「マサキが言うなって感じ」
真樹「うわ。グサッとくる。さすが未来の検事」
奏「(真顔で) 茶化さないで」
真樹「――」
奏「私たち、もうちゃんと将来のこと決めないと。そういう時期だよね」
真樹「それって、社会のレールにのれってこと？」
奏「――」
真樹「のっかっても、レール自体が壊れてたり、ボロボロだったら？　最初から間違ってたら？　それでも、その上を突っ走んの？　そんなの――破滅じゃん」
　と、はき捨てるように。
奏「(いつになく強い口調の真樹を、驚いたように見る) ――」
奏N――その時、なぜか父のことを思った

フラッシュ・回想・短く

・英介の笑顔

・自殺前夜。低い声で電話していた英介の背中

奏N——————破滅した、あの日の父のことを

国立・信濃大学・図書館（夜）

閉館時間ギリギリまで勉強している知美。資料（新聞・雑誌記事など）を調べている。

知美「（ふと、資料をめくる手が止まる）——？」

何かに気づいて——

同・キャンパス内（数日後・昼）

たとえば図書館の裏手、人けのない場所で。

知美とカオリがもめている。

知美「やめなよ、そんなこと。いいよ。そこまでしなくて」

カオリ「え。だって、トモが最初に言ったんじゃない。コレ（記事のコピーなど）がもし本当だったらって」

知美「そうだけど」

カオリ「だから、調べたんだよ。なのに、なんでそんなこと言うの」

知美「でも」

カオリ「トモだって気づいてるよね。あの二人がつきあってること。だからマズイって思ったんだよね」

知美「——カオリ、ちょっと待ってよ」

カオリ「絶対言ったほうがいいって」

知美「私が、カオリに話しちゃったのは良くなかったと思うけど。でも、もしこれが事実だとして

も、それはあの二人の問題で、そこまで踏み込む権利は、私たちにはないし、それを伝えたところでどうなるの」

カオリ「またそんな、理屈っぽいこと言っちゃって」

知美「カオリが、マサキのことを好きなのはわかるよ。でも、だからって」

カオリ「（カチンと来て）――別に私はマサキのこと、好きでもなんでもないよ。トモダチだから、言ってるんだよ」

知美「（呆れて溜息）」

カオリ「言ったじゃない。ずっとトモダチでいようって――なのに、裏切ったのは誰？　かなでじゃないの？」

知美「もういいよ。そういう女子高生レベルの話は。勘弁して」

カオリ「――」

知美「私は、卒論だって仕上げなきゃなんないし、ロースクールの受験もあるの。恋だのなんだの、くだらないこと言ってらんないの。だから、私を巻き込まないで。私だって人生かかってんだから！」

カオリ「じゃあなんで見せたの。（記事を差し出す）」

知美「――」

カオリ「ずるいよ。トモ。けしかけといて」

知美「――」

同・キャンパス内

泣きながら歩いているカオリ。

学生たちが、チラチラとカオリを見るが、かまわず歩く。

カオリ「――（不意に立ち止まる）」

真樹の部屋・昼

真樹の携帯が着信している。
裸で眠っていたらしい真樹。
ベッドの中から、伸びて来た真樹の手が携帯を探る。

真樹「(出て。眠そうに) ハイ」

服を着ている真樹。

真樹「――」

奏の声「どこ行くの」

奏、部屋着で床に座りロースクール受験用の問題集をめくっている。

真樹「女のコから呼び出し」

奏「(ドキッとして、顔をあげ) え」

真樹「ウソ。コンビニ。――すぐ戻る」

奏「フウン。じゃあ、アイス買って来て。あ、私も一緒に行こうかな」

真樹「いいよ。バニラでいいの」

奏「うん。ありがと」

真樹、出て行く。

奏「(その後ろ姿を見て) ――」

真樹のアパート付近

カオリの車が停まっている。
サンダル履きのままで、フラリと現れる真樹。

真樹「(カオリの車を見つけ、立ち止まる)」

カオリ「(運転席の窓が開き) やっぱり来てくれた」

と、笑う。

カオリ「ひとり?」

真樹「ウン」

カオリ「誰か部屋にいたりしない」

真樹「いないよ。何、話って」

カオリ「乗って」
真　樹「――」
カオリ「いいから、乗って」

真樹の部屋

ひとり、待っている奏。
すると。メールが着信する。カオリから。
奏「――?（と、見る）」
（ここでは、何が書いてあるかわからない）

走るカオリの車

街を通り過ぎ、次第に山間部へ。
真樹「どこまで行くの」
カオリ「（答えない）」
カオリ、どんどんスピードを上げる。
真樹「なんだよ。オレ、こんなんで（半袖Tシャツにサンダル）来ちゃった。寒み～。それにカオリさん、ちょいスピード出しすぎじゃ」
カオリ「（重ねて）いたんでしょ。かなで」
真樹「――」
カオリ「いたんだよね」
真樹「なんだよ。尋問?」
アクセルを踏み込むカオリ。
真樹「ちょ、ちょっ、あぶなっ（体が揺れる）」

真樹の部屋

奏「――」
真樹が気になり立ち上がり、外へ。

走るカオリの車

カオリ「かなでとは、つきあわないほうがいいよ」
真樹「なんで」

カオリ「（答えない）――」
真樹「おい、カオリ」
カオリ「かなでのパパは、自殺じゃない。殺されたんだよ」
真樹「え」

真樹のアパート・外

胸騒ぎがして、真樹を探す奏。

奏「――」

カオリの車（時間経過）

カオリの車が停まっている。

真樹「お前、何言ってんだよ。何それ」
カオリ「ねえ、一緒に死なない？」
真樹「え」

車を急に発進させるカオリ。

真樹「！」
カオリ「死のうよ」
真樹「――」
カオリ「どうして私は、一番欲しいものが手に入らないの（アクセルを踏み込む）」

急カーブ。なのにスピードを上げる。

真樹「カオリ。やめろ。お前、どうかしてるよ」

真樹、カオリを止めようと、必死にハンドルを掴もうとする。もみ合いになる二人。

ハンドルの取り合い。

真樹「カオリ。やめろ！　やめろって（ハンドルを掴む）」
カオリ「だって。かなでのパパは――」

キキーッとタイヤが鳴る！

真樹のアパート・外

カオリからのメールを見つめている奏。

そこに書かれている『サヨナラ。』の文字。

奏「――」

走るカオリの車

必死にハンドルを切ろうとする真樹。

が、次の瞬間。

激しく車体が揺れる!

画面。

ブラックアウトする――

黒い画面に

携帯電話の着信音が鳴り響いている。

奏の声「(電話を受け)もしもし。トモ? どうしたの」

知美の声「かなで? 今どこ」

真樹の部屋

奏がドアを開けると。

知美が、蒼白な顔で立っている。

奏「――トモ」

知美。いきなり奏に抱きつき、泣き出す。

知美「かなで。どうして。――どうして、カオリが」

涙で声にならない知美。

奏「――トモ」

奏、その知美を抱きしめて。

警察署・一室

奏N――カオリが事故死した。と、警察官は事務的に私に言った

警察官に事情を聞かれている奏。

奏「即死――。だったんですか」

警察官「ハイ。軽井沢方面へ向かう山道の急カー

ブで、ハンドルを切り損ねたらしく、車体も大きく破損していました」
奏「――」
警察官「お聞きしたかったのは、助手席に乗っていた野木真樹さんのことです」
奏「――(掠れた声で)ハイ」
奏N――マサキは――生きていた
顔をあげ、警察官を見る奏。
警察官「まず、野木さんが家を出たのは、何時ごろでしたか?」
奏「13時頃、だったと思います」
警察官「野木さんは、なぜ部屋を出て行ったのですか」
奏「コンビニに行くと、私には」
警察官「その時、野木さんの携帯に電話がかかってきませんでしたか」
奏「え」

警察官「12時55分頃です」
奏「――あの」
警察官「なんでしょう」
奏「(必死に、気丈に)この事故は――。何か、事件性があるということですか。だから私に」
警察官「形式上の質問ですので、すぐに終わりますから」
奏N――だがその後も、同じことを何度も繰り返し聞かれた

同・廊下(夜)

すでに夜になっている。
奏が、ようやく事情聴取を終え出て来ると。
廊下のベンチに、知美と祐希が、待っている。
奏「――待っててくれたの」

知美「（うなずく）」
祐希「マサキも今、事情聴取受けてるらしい」
奏「（小さく）カオリは」
祐希「――（言うのがつらいが）司法解剖に回されたって」
知美「（黙ったまま）――」
祐希「（ポツリ）――ただの事故じゃないって、思われてんのかな」
奏・知美「（ドキンと、祐希を見る）――」

　その時。入り口の方から、ひとりの背の高い中年男性が、足早にやって来る。
　真樹の父、野木浩一郎だ。

野木「――（出迎えていた警察官に、礼儀正しく会釈）」

　そして、警察官と共に奥へ。

知美「（その顔に見覚えがあり、ポツリと）――あの人」
祐希「何」
知美「マサキのお父さん――」
奏「（も、振り返り見る）――」

同・署長室

　警察官に促され、野木が中に入ると、署長が待っている。
　（以下、浩一郎は、いたって低姿勢に）

野木「野木真樹の父です。この度は、息子が大変なご迷惑をおかけいたしまして」

　と、丁寧に頭を下げ、名刺を差し出す。
　『野木法律事務所・弁護士・野木浩一郎』

署長「署長の熊谷です。ご足労いただきすみません」
野木「いえ。私もこの事故の詳細をお聞きしておかなければと思いまして」

署長「息子さんには、もう」
野木「病院を訪ねましたが、事情聴取中で面会を断られました」
署長「それは失礼しました」
野木「いえ。事故の検証は当然のことです。ただ、私としてもそちらの見解をお聞きしておきたいところではあります。場合によっては、息子側に弁護士を立てねばなりませんので」
署長「――」

救急病院・一室（夜）

男の足が、病室に近づいて行く。
その足が、真樹の病室の前でとまる。野木だ。
野木「（そっとドアを開け、中へ）」
ベッドに座っていた真樹。
真樹「（驚き顔をあげる）――」
野木「（鋭い視線で、真樹を見つめる）――」
真樹「（すっと目線を反らす）」

真樹の部屋（深夜）

真樹の部屋に入る奏。
奏N――その夜。もう一度マサキの部屋へ行った
真樹の脱いだ服などを手に取る奏。
奏N――でも、マサキは帰って来なかった
奏、携帯をチェックする。
奏「――」
真樹からのメッセージは何もない。
奏「――」
奏N――その夜《よる》を境に、マサキからの連絡は途絶えた

寺（数日後）

カオリの通夜が、ひっそりと行われてい

る。
弔問客が、中へ入って行く。
その中の奏、知美、祐希。
奏N――結局、事故はカオリの過失とされ、マサキは何の罪にも問われなかった
奏「――」

同・内（通夜）

カオリの笑顔の遺影が、飾られている。
読経の中、焼香をする弔問客。
奏N――皆が、泣いていた
泣いている親族。カオリの両親。父誠一。母真希子。
奏N――でも、私は泣けなかった。泣きたいのに――涙が出ない
泣いている同級生、友人たち。
知美も。祐希も。泣いている。

奏N――カオリの死を悼まなければならないのに。ここにいないマサキのことばかり考えていた

フラッシュ

・奏の声「どこ行くの」
・真樹「女のコから呼び出し」
・真樹「ウソ。コンビニ。――すぐ戻る」等

奏N――あの日の、マサキとカオリのことを泣けない奏。
奏N――そんな自分が――本当に嫌だった

同・通夜の後

皆が帰った寺の中――
棺に納まったカオリの亡骸（顔はわからない）を、呆然と見つめている知美、祐

希。そして、奏。

祐希「（泣きそうな声で）なんで来ねえんだよ。マサキ」

奏「――」

三人。長い沈黙の後。

知美が、ポツリと――

知美「もうおわりかもね。私たち」

奏「（知美の顔を見る）――」

が、知美は、それ以上何も言わず、能面のような顔でカオリの亡骸を見つめている。

知美「――」

奏N――それから私たちは、一言も言葉を交わさず外へ出た

境内～外

黙って歩く知美、祐希、奏。

知美「――」

祐希「――」

奏「――」

ただ、歩く――。

その時だ。奏が、不意に立ち止まる。

奏「――」

祐希「？（と、奏の方を見る）」

知美「（も、また見る）」

奏の目線の先。

暗闇の中に、幽霊のように立っている真樹。

奏「（口の中で）マサキ」

真樹「――」

奏「――」

一瞬、見つめ合う二人。

が、次の瞬間！

真樹は踵を返し、その場を逃げ出した！

奏、真樹を追い、走り出す！

祐希「オイ、かなで！」

知美、祐希を制し、黙って首を振る。

祐希「え」

知美「——（首を振る）」

夜道

逃げるように走る真樹。

真樹を追い走る奏。走る！

奏「（泣きそうな顔で、必死に追う）」

国道にさしかかる。

国道の向こう側へ、走って行く真樹。

奏「（叫ぶ）マサキ！　待って！　行かないで！」

奏、追おうとするが、大型トラックが通りかかり、渡れない！

プップー!!　と大きくクラクション。

奏「（必死に）マサキ！　待って！　何があったの！　カオリは——。カオリは」

通り過ぎる大型トラックに、かき消される奏の声。

奏「マサキ！」

すると。

真樹、ふっと振り向き何かを言った。

真樹「ごめん。俺がカオリを——（殺した）」

（殺したの部分は）口の形だけで、声は奏に届かない。

奏N——その時、マサキは、何と言ったのか

大型トラックが通り過ぎると、マサキの姿は、もうそこにはない。

奏「——」

呆然と、その場に立ち尽くし——動けない奏。

奏N――愛されていると思っていた人が、また私の前から消えた

誰もいない国道の向こう側を見つめる奏。

奏「――」

奏N――私はまた、ひとりぼっちになってしまった

車が、また一台、二台と、通り過ぎる。

夜空に、かすかに星が光っている。

奏「――」

奏N――その年、ロースクールの試験に落ちた。――もうダメだ。と、思った

横浜市　2024年・夏

奏N――あの日から、十二年が経った

横浜地検・中央支部（夕方）

その建物から出て来る、スーツ姿の奏。

奏「――」

スーツの胸元には、検事のバッジ。

奏のマンション

2LDK位の単身用にしては広いマンション。

郵便物をチェックしながら、帰って来る奏。

自分の分と、（現在の恋人で同居中の）奥田貴志の分を、慣れた感じで仕分けする。

その中の一通の葉書に手が止まる。

送り主は、及川誠一。（カオリの父だ）

奏「――（封を開けると）」

カオリの十三回忌の知らせが入っている。

奏「（読んでいる）」

その時、奏のスマホに、メッセージが着

信する。

奏「――？（見ると貴志からだ）」

『患者さんの容態が悪化して、今日も帰れそうにないので、よろしく』

奏「（返事する）」

『了解。大変だね。もう三日？』

『いや、四日目』

『着替えは？』

『なんとか足りてる』

『ご飯は？　ちゃんと食べてますか？』

『売店の弁当全制覇。笑』等の会話。

奏「――」

奏、やりとりを終え、風呂場へ。バスタブにお湯を入れようとし、ふとその手を止める。

同・キッチン～寝室

いそいそと弁当を作っている奏。

詰め終えて、寝室へ。

貴志の着替えの下着などをバッグに入れる。

横浜市立・横浜みなと総合病院・夜間緊急入口（夜）

医療スタッフが、慌ただしく行き来している。

救急患者受入れの電話を受けていた看護師。

看護師「（電話を切り）患者は二十代から三十代男性。身元は現在不明。地下鉄中央駅の階段より足を滑らせ転落、頭部強打、後頭部より出血あり、同時に胸腹部も強打した模様。意識レベルⅡ-20、血圧126の72、心拍数86、SpO_2、3リットル、マスクで97％、泥酔し、他の乗客と揉み合いになり階段から落下したとのことです」
救急医「了解。すぐに受け入れの準備して」
スタッフら「ハイ」
それらのやり取りの横を通り過ぎ、小走りに来る貴志。
（貴志は、救急医ではなく、外科医である）
貴志、当直続きで疲弊している様子だが、
貴志「（出入口の方を見て、フッと笑顔を見せ、手を振る）――」
着替えや弁当の入ったバッグを持ち、立っている奏。
奏「――」

同・廊下の隅

貴志に荷物を渡す奏。
奏「ハイ。コレ」
貴志「ごめん。ありがとう」
と、中を見て
貴志「え。弁当も？」
奏「だって。売店のお弁当全制覇って」
貴志「天使か君は――」
奏「大げさ」
貴志「イヤ。ホントに。涙が出るほど嬉しい」
奏「（苦笑し）じゃあね。がんばって」
と、仕事の邪魔にならないよう、すぐに去ろうとする奏に。
貴志「うん。あ、あの奏」
奏「（振り向き）？」
貴志「ちょっと落ち着いたら、話したいことがあるんだけど」
奏「何」
貴志「また、ゆっくり。忙しいのにありがとう」

奏「ううん」

と、小さく手を振り、踵を返し廊下を歩き出す奏。

その奏の横を――。

〝緊急患者〟が、ストレッチャーに乗せられ、大急ぎで処置室の方へ運ばれて行く。

奏、危うくぶつかりそうになり、

奏「あ。ごめんなさい」

と、言って通り過ぎ、夜間出入口の方へ。

（その患者が、誰かは気づかない）

同・処置室

ストレッチャーに横たわっているのは、真樹である。

真樹「――」

顔はやつれ、身なりも綺麗とはいえないが、確かに真樹だ。

真樹「（起き上がろうとする）」

看護師「ダメです。動かないでください」

真樹「イヤ。行くところが――」

同・外

歩いている奏。

何か予感のようなものを感じて。

振り返る。

奏「――」

つづく

第 2 話

Destiny *episode:2*

1話のリフレイン

・奏と真樹の出会い～知美カオリ祐希らとの友情と恋
・事故。「かなでのパパは、自殺じゃない。殺されたんだよ」「だって。かなでのパパは――」
・通夜の夜。真樹を追う奏。「マサキ！待って！　何があったの！　カオリは――カオリは」
「ごめん。俺がカオリを（――殺した）」
・奏N――その年、私はロースクールの試験に落ちた。――もうダメだ。と、思った
・その場に立ち尽くす奏
・十二年後。総合病院に搬送される真樹とすれ違う奏

等

横浜地検・中央支部・支部長室（数日後）

支部長の大畑節子が、書類を机の上でトントンと音を立て、揃えている。
〝不気味な沈黙〟が、部屋を支配する――

大畑「（ふっと笑い、静かな口調で）西村奏。あなた何年検事やってるの」
緊張気味な顔で、大畑の前に立っている奏。
奏「（声が小さく聞き取れず）は？」
大畑「（ほほえみ。だが声のトーンは変えず）キャリアは何年」
（大畑は、怒っている時ほど静かな口調になる癖がある）
奏「六年と三か月です」
奏N――私のような地方検察庁の検事が、担当事件の被疑者を起訴するためには、支部長の決裁を

得なければならない

大畑「キャリア六年半の検事が、共犯の供述だけで（裁判が）もつと思っているわけね」

と、書類を突き返す。

奏N——私が担当していたのは、一週間前に起きた違法薬物（合成麻薬・ＭＤＭＡ）の売買事件だった

フラッシュ

・若い男三人が逮捕される

奏N——横浜のとあるバーで違法薬物の取引が行われているという情報を入手した神奈川県警本部（薬物銃器対策課の刑事）が現場のバー個室へ踏み込み、三人の男が（違法薬物の共同所持容疑で）現行犯逮捕された

フラッシュ。取り調べをする奏

・売人Ａ（増子和也）

・違法薬物所持Ｂ（池口洋太）

・不所持Ｃ（川越拓海・幹事長次男）

奏N——その中のひとりが、民事党現幹事長川越昭彦の次男とわかり、事件は突如注目を浴びることになった

フラッシュ

・川越拓海の取り調べと共に

・週刊誌記事の見出し『大物政治家次男・違法薬物所持容疑で逮捕!』『厚労省も蒼ざめる民事党幹事長次男の薬物使用!』『幹事長は麻薬撲滅キャンペーンの推奨者!』等次々と

奏N――だが、民事党幹事長の息子川越拓海は、逮捕者三人の中で唯一薬物を所持しておらず、容疑を否認。自分は酒に酔い眠ってしまい、何も知らなかったと言い張ったのだ

奏「いえ、そういうわけでは。ただ、他《た》の被疑者も犯行を認めていますし。本人の供述にも矛盾が多く、現場のバーにも頻繁に出入りしていた様子も目撃されています。何より、被疑者が同席していた狭い個室の中で売買が」

大畑「そんなこと説明しなくても、読めばわかるわよ」

奏「――」

大畑「でも本人の供述は取れていない。薬物の所持もなし」

奏「(悔しい) はい」

大畑「自供を取るか。もっと手厚い証拠を揃えるか。素人じゃないんだから」

奏「――」

大畑「西村奏はできるって聞いてたけど。この程度なわけね (と、鼻で笑う)」

奏「――」

同・廊下

悔しそうな顔で廊下を歩いている奏。

奏N――是が非でも、起訴に持ち込まねばならない事件だった。が、他に抱えている仕事もあり、気の休まらない日々が続いていた

同・前 (夜)

外に出るとすでに夜になっている。

奏「(夜空を見上げる) ――」

星は見えない。

奏N――横浜に異動になり二年。都会の夜は明るすぎて、星も見えない

横浜市立・横浜みなと総合病院・病室（夜）

看護師が、カーテンを開けると。
『野木真樹』のベッドは、もぬけの殻。

看護師「――？」

同・廊下～テラス

看護師が、（必死に）真樹を探している！
すると、テラスに出て、夜空を見ている男の後ろ姿。

看護師「野木さん！」
真樹「（振り向く）？」
看護師「ダメですよ。また、勝手に。何してるんですか」
真樹「ん。星見てただけ」
看護師「（怪訝そうに）星ですか？」
真樹「ウン（と、星の見えない夜空を見上げて）」

同・病室

病室に戻り、検温等を終えたところ。

真樹「ねえ、ハシモトさん。オレいつ退院できますかね。（と、じっと看護師を見る）」
看護師「（内心ドギマギしつつ）はい？」
真樹「イヤ、これもう治ってますよね」
看護師「さあ、私には。先生には、何も言われていませんか」
真樹「何も」
看護師「（機器などを片付けながら）聞いておきましょうか」
真樹「（ほほえみ）おねがいします」

奏のマンション・ダイニング

持ち帰ったノート（事件概要、供述、証拠をメモしたもの）や資料等をテーブルの上に広げ、丹念に読み込んでいる奏。

奏「(ブツブツ)自供。証拠——。証拠か」
険しい顔で、手書きのノートをめくる。
その時。「あ」と何かに気づく。(調書内容に矛盾がある!)
慌てて頁をめくり、他の記述と比較、確認し始める。
そこへ。帰って来る貴志。
貴志「ただいま。まだ仕事?」
奏「(ハッと顔をあげ)あ、うん。お帰り」
貴志「ムリしないようにね。ここ(眉間)しわ寄ってるゾ」
奏「——(!)」

同・洗面所

風呂上り。頭にタオルを巻いた奏が、眉間のしわを気にして鏡を覗き込んでいる。
奏「——(マッサージしてみる)」
と。貴志がフラッと、入って来る。
奏「!(恥ずかしくなり、マッサージしていた手をすっと隠す)——」
が、貴志は全然気にする様子もなく、引き出しから爪切りか何かを出しながら、
(*外科医は爪を常に短く切りそろえている)
貴志「あのさ。奏」
奏「何?」
貴志「そろそろ結婚しない」
奏「(え?)」
奏N——まるで〝おはよう〟や〝おやすみ〟と言うように、彼は私にプロポーズした
ポカンとしている奏。
奏「——」
貴志「じゃ、おやすみ」
と、言い行ってしまう貴志。

奏「ホントにおやすみって言った——（と、ポツリ）」

同・ダイニング

奏「ケッコンか——」

傍らに置いてあった『カオリの十三回忌の案内の封書』を手に取り見る。

『及川カオリ　十三回忌法要のお知らせ』

・日程とともに挨拶文

・開始時刻は十二時

（文面）

カオリが亡くなり、早いもので十二年が経とうとしております。一周忌、三回忌、七回忌と回忌を重ねてまいりましたが、今忌をもって法要は終いとさせていただこうと思います。長い間、カオリのことを思っていただきありがとうございました。この度の法要は、生前、カオリが特にお世話になった方々、親しかった方々のみにご案内をさせていただきます。皆さまご多忙と存じますが、どうか、ご一緒にカオリを偲んでいただければ幸いです。

及川誠一・真希子

奏「——」

奏N——カオリの事故から十二年

フラッシュ・回想

・通夜　遺影になってしまったカオリ

トモがポツリ「もう終わりかもね。私たち」

・国道。通り過ぎるトラック。奏の叫び

「マサキ！　待って！　行かないで！」

・「ごめん。俺がカオリを（――殺した）」

奏N――あの日、マサキがいなくなり――私は抜け殻になった

真樹の部屋（2012年・夏）

奏、ひとり来てドアを開ける。
すると、部屋の全ての荷物がなくなっている。
呆然と立ち尽くす奏。

奏「――」

その横顔に――次々蘇る真樹との日々。

フラッシュ

・大学での初めての出会い
・花火が中止になった夜の初キス
・初めて真樹の部屋に泊まった夜
・背中から奏を抱きしめた真樹

奏の声「どこ行くの」

フラッシュ。事故当日

・真樹「女のコから呼び出し」
・奏「え」
・真樹「ウソ。コンビニ――すぐ戻る」

真樹の声「（リフレインし）すぐ戻る」

奏「すぐ戻るって言ったくせに」

国立・信濃大学　～2012年　冬～

ベンチに座り、ぼんやりとロースクールの『不合格通知』（またはメール）を見ている奏。

奏「――」

奏N――生きているのに死んでいるような毎日
奏、やっとの思いで立ち上がり、歩き出す。
が、その場にしゃがみ込んでしまう。
うずくまる奏。
奏N――どうしても。どうがんばっても――
そこに通りかかる白衣の男。
同大・大学病院の研修医。貴志（27）。
貴志「（声をかける）どうしました？」
奏「あ。いえ」
貴志「大丈夫ですか」
奏「あ。はい。大丈夫ですので」
と、立ち上がろうとするが――。
蒼白な顔になり、またしゃがみ込んでしまう。
貴志「――」

同・大学病院・研究室

ヤカンで、お湯を沸かしている貴志。
（使い古した昔ながらのアルミのヤカン）
貴志「――」
奏は、片隅の古いソファに座っている。
奏「――」
研究室のガラス窓が、蒸気で曇っている。
やがて、お湯が沸き。
陶器の大きめの湯飲みにお湯を注ぐ貴志。
貴志が差し出したのは、白湯。
貴志「どうぞ」
奏「――」
貴志「ただのお湯だけど。温まりますよ」
奏。そっと一口飲んでみる。
奏「（ポツリ）おいしい」
奏N――それは、魔法のお湯だった
飲みながら、ボロボロ泣き出す奏。

奏N――彼は私に、生きる気力を取り戻させてくれた

同・図書館（数週間後）

ロースクールの受験勉強をしている奏。
だが、集中できない。

奏「（たとえば、何度も同じページをめくっては戻る）」

斜め前の席に座る男。

男の声「ここ、いいですか」
奏「（問題集を見たまま）あ。はい」
男の声「具合、どうですか」

という声に、顔を上げると。貴志が座っている。

奏「（ちょっと驚き）あ。はい。おかげさまで」
貴志「それはよかった（と、自分の本を開き勉強を始める）」
奏「あの」
貴志「？」
奏「あの時は、本当にありがとうございました」
貴志「いえ」

そこから、無言になり。
静寂の中。各々ただひたすら勉強する奏と貴志。

奏「（チラッと貴志の方を見る）――」

が、貴志は医学書に没頭している。

同・図書館（別の日）

勉強に疲れ、居眠りをしている奏。

奏「（頭がガクンと落ちてしまう）」

それを支える手。

奏「（驚き、ハッと見ると）」

貴志が横で、笑っている。

奏「（赤面し）――」

奏N――本当に少しずつ、彼と私の距離は近づいていった

東京地検・近くの公園（数年後）

スーツを着て司法修習生のバッジを付けた奏が、コンビニで購入した昼食を食べようと、ベンチを探している。

奏「――」
するとと。向こうから歩いて来る白衣姿の貴志。

奏「（貴志に気づき、驚いて）え？　アレ」
貴志「（も、気づき）ああ。どうも。あ、病院、そこなんで」
奏「そうですか。私も東京地検で司法修習を」
貴志「受かったんですね。司法試験」
奏「（笑顔で）ハイ」
新橋・ガード下の飲み屋街

店の前に出ているコンテナのテーブルで、乾杯する奏と貴志。

貴志「おめでとう」
奏「ありがとう、ございます」
奏N――付き合い始めたのは、それからさらに一年後

忙しい二人のメッセージのやりとり（モンタージュで）

奏N――でも、新人検事だった私が地方に赴任になったり、彼の仕事が忙し過ぎて
・待ち合わせ場所で待つ奏
『ゴメン。緊急の患者さんで今日は行けそうにない』
『わかった。がんばって』
・某地検の廊下でメッセージをチェック

する奏
『来週は私が無理。次の週は？』『次の週は学会で福岡』
・某病院・廊下
『今週末は？』『今、事件の大詰めで全然余裕なし。東京へは行けない』
・夜道　別れのメッセージ
『もう無理かな。私たち』送る奏。
貴志の返事はない。
奏N——何度か付き合うのを諦めかけたこともあった

奏のマンション（2023年）

奏N——長い月日を経て、ようやく同居したのは——
奏「え。一緒に住むの？　ここに？」
コーヒーを入れていた奏が顔をあげる。
貴志「その方が、会える時間も増えるし。ダメかな」
奏「いいけど。でもここじゃ狭くない？（と言いかけ、気づいて）え？　そのために、病院移ったの？　横浜に？」
貴志「そのためってわけじゃないけど」
奏「——」
貴志「まあ、そのためもあるかな（と、笑う）」

奏のマンション・（現在）・翌朝

奏が起きて来ると、テーブルの上に貴志からのメモ。
『今日は遅くなるので、夕食なしで』
奏「（メモを手に取り見る）——」
それから、朝のルーティンのコーヒーを入れ始める。
奏N——プロポーズの返事も聞かずに、彼は仕事

へ行ってしまった。今さら過ぎて照れていたのか
　コーヒーを飲みながら、新聞の一面から
　社会面に目を通す。

　〈週刊誌広告の見出しに『民事党幹事長のトンデモ息子！その交友関係と不法薬物入手ルート』等の記事が出ていても良い〉

奏「〈その見出しを、チラッと見る〉――」

奏N――それとも、私がうんと言うのは、彼にとって当たり前のことだったのか
　と。メッセージが着信する。

奏「？　〈知美からだ〉」

　出勤の支度をしながら、知美とのメッセージを見る奏。

奏「――」

　『久しぶり。元気？　今度の日曜、カオリの十三回忌、行くよね？』と知美から。

　『うん。そのつもり』と奏。

　『じゃあその時にまた。忙しい時間にゴメン』

　『ううん。久々に会えるね』

奏「〈十三回忌の封書を手に取って〉――」

横浜地検・中央支部　（日曜日）

同・奏の執務室

奏N――なのに、結局仕事になった。例の違法薬物事件。起訴の決め手となる参考人聴取。相手は取引が行われたバーのオーナーだ
　険しい顔で、書類を整えている奏。
奏N――こういう勝負の日が、定期的にやってくる。気は抜けない。でも気負いすぎてもいけない。それが私の日常――
　深呼吸する奏。

奏「――（ふと気づいて、知美にメッセージを送る）」
『ごめん。急に参考人聴取が入っちゃって、遅れるかも。終わったらすぐ新幹線に乗る！』
『わかった。日曜なのに大変だね。がんばれ』と、知美から。
奏N――あの時、もう終わりかも。と、言ったトモ

フラッシュ・回想

・カオリの通夜
・遺影の前に佇む奏、知美、祐希

奏N――でも、カオリの一周忌、三回忌、七回忌と集まるごとに、私たちの関係はもとに戻っていった

事務官の加地卓也（25）来て、
加地「参考人の田川さん、来ましたけど」
奏「はい。今、行きます」
気合いを入れて立ち上がる奏。歩き出す。
奏N――もしも、トモが検事だったら――と、思うことがある。トモはどんな風に被疑者や参考人と接するだろう。きっとすごい力を発揮したにちがいない

同・廊下

奏、加地と共に歩きながら。
奏N――でも、トモは、ロースクールに合格後、あっさり司法試験をあきらめた。理由は妊娠。しかも相手は――

知美のマンション（梅田家）

祐希「ねえ。服ってこれでいい？」

と、普通のスーツを着て立っている祐希。
胸には弁護士バッジ。
知美「ダメだよ。黒でしょ」
祐希「でも、十三回忌だし内輪だけって」
知美「黒にして」
祐希「（やけに素直に）ハイ」
小学校五年生の息子希実も来て
希実「（パパそっくりに）ねえ。服ってこれでいい？」

横浜地検・中央支部・取調室

奏が、参考人でバー・オーナーの田川（四十代・男性）の前に座る。
奏「お休みのところ、お呼びたてしまして」
田川「はあ（迷惑そうに）」
奏「実は、警察での田川さんのお話に、二、三気になる点がありまして」
田川「検事さん。コレ、店のお客さんの話で、うちはむしろ巻き込まれた方ですよ」
奏「それは、もちろん承知しています。私たちは事実確認をしたいだけです。ご協力よろしくおねがいします」
田川「――」
参考人聴取が、始まる。（以下、モンタージュで）
奏「（調書を見ながら）田川さんは、警察の事情聴取で、川越拓海とは面識がないとおっしゃっていますが、それは間違いありませんね」
田川「ええ。知りませんでした。民事党の幹事長の息子なんですって？　マスコミにも騒がれてこっちはいい迷惑ですよ」
奏「なるほど」

奏「質問をかえます。田川さんは、三年前に現在のお店グロワールを始めたとのことですが――」
田川「ああ――はい」
奏「それ以前に、同じ場所で、別の名前の店をやっていませんでしたか。つまり、グロワールはリニューアルオープンでは」
田川「――」
奏「こちらは、以前の店ラビランスの常連の方のSNSです。遡って見てみると（写真を提示して）四年前のパーティーにあなたの姿があります。隣に映っているのは、被疑者の川越拓海ではありませんか」
〝内輪だけのお別れパーティー。オーナーとその仲間〟とタイトル。
田川「さあ。この中の誰かが、連れて来ていたんじゃないのかなあ」
奏「名前も顔もご存じではなかった」
奏「ここに、もう一枚その数か月前の写真もあります」
そこにも映っている田川と川越。
昼間のグラウンド前。サッカー等のユニフォームを着ている。
奏「田川さんは、川越とは元々知り合いだったのではないですか？」
田川「――」
奏「田川さん。仮にあなたが店内での違法薬物の取引を黙認していたとなると、あなたをこの事件の協力者として逮捕することも可能です」
田川「――」
奏「では、知り合いだという前提で、もう一度事件当日の夜のことをお話しいただけますか」

奏、時計をチラッと見る。午前十時過ぎ。

同・奏の執務室

参考人聴取が終わったところ。時計は十二時を回っている。急いで荷物をまとめながら

奏「加地くん。今日の供述で、たぶん起訴に持ち込めると思うから、起訴状整えておいて」

加地「はい。てか、僕だけまだ仕事ですか」

奏「今度お昼おごる」

加地「それはいいです。それより代休もらえますか。いつも口だけで、結局休ませてもらえないけど」

奏「加地くん。起訴の準備は事務官の仕事だよね」

加地「――」

奏「代休は了解。あと、よろしくおねがいします!」

と、急いで飛び出す奏!

長野県・寺

法事を終え、カオリの両親と挨拶している知美と祐希。傍らに希実。

誠一「お二人とも、お忙しい中、ありがとうございました」

知美「いいえ。お父さまお母さまも、お元気でお過ごしください」

真希子「ありがとうございます。知美さんも元気でね」

知美「はい」

真希子「あんな事故さえなければ。カオリもあなたたちみたいに(と、言いかけ)――ごめんなさい。こんなこと言っても仕方ないのに」

知美「（その言葉が突き刺さり）――いえ」
真希子「カオリの分も、幸せになってね。それで――時々はあの子のこと思い出してやってくださ い」
知美「忘れたことなんかありません。一度も」
（これは、トモの本音である。あの日から一度もカオリのことを忘れたことはない。ずっと罪悪感を持ち続けている）
祐希「（うなずき）また、顔出しますから」
真希子「ありがとう」
祐希「それじゃ。失礼いたします」
寺を後にする知美たち。
知美「結局来なかったね。かなで」
祐希「土日しか、話聞けない人もいるからなあ」
知美「大変だ。仕事もってる人は」
祐希「まあ、しょうがないよ」
知美「（ポツリと。独り言のように）カオリの分も幸せに。か」
祐希「え？」
知美「どうやったら、カオリの分まで幸せになれるのかなって」
祐希「――」
希実「（甘えたように）ねえ、お母さん」
知美「わかってる。〝鉄道文化むら〟に寄るんでしょ」
希実「やった〜。アプト式だ〜（と、浮かれて走り出す）」
祐希「なんであんな単純なの、アイツ」
知美「アイツがいることが、〝幸せ〟かもね」
祐希「――」
知美「クリームソーダでも飲んで。帰ろっか」

寺・近くの道

走る奏。

ようやく寺に着くが、法事は終わった後で、もう誰もいない。

奏「――」

墓地

カオリの墓参りに来る奏。

すると。

墓の前に置かれている「メロンソーダ」の缶。

奏「(誰？　知美たちだろうか)――」

国立・信濃大学・カフェテリア付近

奏N――そのあと。久しぶりに大学を訪ねた

カフェテリアの方へ歩く奏。

奏N――日曜だと言うのに、そこには、ちらほら学生たちの姿があった

楽しそうに話している学生たち。

奏N――あの頃の私たちのような――

カオリが、クリームソーダを飲んでいた同じ席を見つめている奏。

奏「――」

そこにも、楽し気な学生たちの姿がある。

奏N――あの席で、なぜかいつもクリームソーダを飲んでいたカオリ

フラッシュ。1話

・勝手にカオリのクリームソーダを飲む真樹

・「げ。やっぱマズ」と真樹。「いいでしょ。好きなんだから」とむくれるカオリ

奏「――」

回想（新撮・大学時代）

カオリを真ん中に、両側に真樹と奏。

カオリ「（マサキと腕を組み）マサキは私のもの〜」

真樹「なんだよ」

奏「（内心複雑）」

するとカオリ、奏にも腕を絡ませ

カオリ「でも、かなでも私のもの〜」

奏「（苦笑し）ええ」

カオリ「ふたりとも好き〜」

そこへ、知美来て

知美「（呆れて）もう、なにやってんの」

すると、カオリ

カオリ「トモも私のもの〜（と、二重に腕を組む）」

知美「アホか」

祐希「（来て）オレは？」

カオリ「ユウキはいらな〜い」

祐希「ええ〜〜」

一同、大笑いする。各々の笑顔。

同・キャンパス内

奏N——無邪気だった、私たち——

歩く奏。

奏N——みんなカオリが好きだった。面倒くさいし、勝手だし、子どもみたいだし。でも、好きだった。カオリが、いつも私たちを結び付けてくれた。なのになぜ

フラッシュ。奏のイメージ

・カオリの運転する車の事故！　助手席の真樹

奏「——」

フラッシュ。1話

・事情聴取を受ける奏。「この事故は——何か、事件性があるということですか」

・「ただの事故じゃないって、思われてんのかな」と言った祐希

奏N——あの時、二人に何があったのか。カオリの過失として処理された事故

フラッシュ。1話

・通夜の夜の国道

・向こう側に立つ真樹。何かを言う

・真樹の口の動き「オレが、カオリを（殺した）」

奏N——マサキは、私に何かを言った。あれは何？　何を私に

横浜市立・横浜みなと総合病院

貴志が病室の前を通りかかると、担当医師と看護師がもめている。

担当医師「いなくなったって。どういうことです」

看護師「ですから、知らない間にベッドが空になっていて。コレが（診療代）」

貴志「どうしたんですか」

担当医師「奥田先生、いらしてたんですか。（＊日曜日なので）いや、救急で運ばれてきた患者さんが、勝手に病室を抜け出してしまって。（看護師に）連絡は？　つかないの」

看護師「すみません」

貴志、ネームプレートを見ると『野木真樹』。

貴志「――（その名前がちょっと気になる）」
　と、別の看護師Bが来て。
看護師B「奥田先生。患者さんのご家族いらっしゃいました」
貴志「はい」
　と、行きかけて、やはり気になり振り返る。
　『野木真樹』のプレート。
貴志「（もう一度見て）――」

国立・信濃大学・大教室（夕暮れ）

　そっと中へ入る奏。
　教室には誰もいない。椅子に座ってみる。
奏「――」
　その時。入口のドアの方で、カタンという音がする。ハッとし、振り向く奏。
奏「――？」
　だが。誰もいない。ただ、風が吹いているだけ。
奏「――（なんだ。と、思い）」
　ふと、前方を見ると。
　大教室の隅に座っている男の後ろ姿。
奏「――（ドキリとする。その後ろ姿に見覚えがある）」
　男、振り向く――。
　真樹である。
奏「（驚いて）――」
　真樹もまた、驚いている。
真樹「――」
　奏、泣きそうになり
奏「どうして――。どうしてここにいるの」
真樹「――（答えない）」
奏「（気づいて）カオリの十三回忌だって、知ってたの？」

真樹「――」
奏「お墓へ行ったのも、――マサキ？」
奏N――マサキ、と、声に出して言ったのは、何年ぶりだろう
真樹「（答えずに、ただ奏を見つめている）」
奏「――」
　　沈黙の後。
真樹「かなで」
奏N――その声を聞いた途端。一気にあの頃に時間が戻った
　　真樹。
奏N――なぜそんなに変わらないの。なぜそんなに、同じ声で。同じ顔で話すの
真樹「――会いたかった」
　　その言葉が胸に突き刺さる。泣きそうになる奏。
　　だが、必死で抵抗し、

奏「何それ。何今頃。――今頃、何言ってるの」
真樹「――」
奏「今までどこにいたの。（泣きそうに）どこで、何してたの」
真樹「――」
奏「――マサキ」
奏N――もう一度呼んでしまった
　　真樹。それには答えず――。
　　黒のスーツ姿と胸の検事のバッジを見て、
真樹「かなで、検事になったの」
奏「え」
真樹「そのバッジ」
奏「そうだよ。なったよ」
真樹「すごいな。がんばったんだな」
奏「そうだよ。がんばったよ。もう死んじゃいたいって、本気で思ったし。もう誰も信じられないとも思ったし」

奏、必死に涙を堪えて

奏「私が――、私たちが、カオリのこと乗り越えるのが――どれだけ大変だったか」

真樹「――」

奏「なんで黙っていなくなったりしたの。なんで、何も言わずに――。ひどいよ。それで何？今頃。会いたかったとか言わないで！」

奏、堪えきれず、涙が溢れる。

真樹「ごめん。――そうだよな」

奏「(泣いている)」

真樹「泣くなよ」

と、奏の頬を伝う涙をぬぐおうとする真樹。

奏、バッとその手をはねのける！

真樹「(驚き、同時にハッとし、ひるむ)――」

奏「――」

真樹「(小さく)ごめん」

と言って、去ろうとする真樹に。

奏「待って」

真樹「(立ち止まる)――」

奏「あの時。私になんて言ったの」

真樹「――」

奏「あの日。最後に」

真樹「――」

奏「カオリと何があったの。どうしてカオリは」

真樹、それには答えずに

真樹「かなではすごいよ。ホント、すごいと思う」

それだけ言って去ってしまう。

奏「(その場に立ち尽くし)――」

奏のマンション・近く(夜)

ひとり、何かを考えながら、歩いている奏。

マンションの前に立ち、自宅の窓を見上げる。

奏「――」

奏N――灯りが消えていることに、ホッとした。こんな気持ちのまま――彼に。貴志に会いたくなかった

奏のマンション・リビング～寝室（夜）

奏が戻ると、寝室から小さく灯りが漏れている。

奏「?」

そっと覗くと。

貴志、ベッドサイドの灯りをつけたまま眠っている。

奏「――」

傍らに、読みかけの医学雑誌。

（寝室のベッドはダブルではなく、シングルベッドを二台くっつけている）

奏、貴志を起こさないよう、そっと、本を元に戻し傍らのスタンドの電気を消し出て行く。

貴志「（うっすら目を覚ます。が、また目をとじる）――」

同・リビング

ソファで、『トモ』からのメッセージを見ている奏。

奏「――」

『今日は会えなくて残念。又ゆっくり、うちに遊びに来て。カオリを偲ぶ会しよう』

奏、真樹のことを伝えるか否か――

奏「（少しの間考えているが――。思い切って）」

『ありがとう。ぜひ。』

『実は今日、マサキと会った。だいがくで（ぐうぜん）』
と、打った途端！　着信音が鳴る！
『トモ』から。
奏「（出ると）」
知美の声「（いきなり）何それ！　どういうこと！」
奏「!!」

同・洗面所

貴志に聞こえないよう、コソコソと電話する奏。
奏「え。だから。マサキに会ったの」

知美のマンション／奏のマンション（洗面所）

電話している知美。
（以下、洗面所の奏と、適宜カットバックで）
知美「どこで」
奏「（小声で）大学。法事に間に合わなかったから、カオリのお墓参りに行って。それから、久しぶりに大学に寄ってみようかと（思って）」
知美「（重ねて）何してんのアイツ」
奏「さあ」
知美「（気づいて）カオリの十三回忌って知って、来たわけ？」
奏「同じこと、私も言った――」
知美「そしたら？」
奏「〝ごめん〟って。それだけ」
知美「――」
奏「そのあと、またどこか行っちゃった」
知美「（何か言おうとすると）」
息子の希実が来て「ねえ、お母さん。明日の体操着」

知美「(息子に) 何今頃。お父さんに聞いて」
奏「え?」
知美「ゴメン。息子。——何それ。ふざけんなって感じだよね!」
　希実、又来て「お母さん。お父さん寝てる」
知美「今行く。(奏に) ごめん。又かける。てか、今度うちに来て。ホントに。ゆっくり話そう」
奏「わかった。じゃあ」
　と、切ろうとすると。知美が、突如!
知美「ねえ。かなで!」
奏「(驚き) 何」
知美「ダメだよ。マサキと会ったりしちゃ。かなでには今、貴志さんがいるんだから」
奏「会わないよ。連絡先も知らないし」
知美「絶対ダメだからね。絶対だよ」
奏「わかってる」
知美「じゃあ」
奏「うん。おやすみ」

奏のマンション・洗面所〜リビング・キッチン

　電話を切った奏。
　洗面所のドアを開けると、貴志が立っている。
奏「! (ドキッとして。息を呑む) ——」
貴志「なんかあった?」
奏「ゴメン。トモと電話。——ごめんね、起こしちゃって」
貴志「ううん」
　貴志、不意に。
貴志「あのさ。この間の話だけど」
奏「(咄嗟にわからず) え?」
貴志「結婚のこと」
奏「(なぜか、ドキリとし) ——え。ああ。うん」
貴志「今度いつ休めそう？」
奏「うん。今の事件が落ち着いたら」
貴志「じゃあ、その時に、ふたりで奏のお母さんに報告に行かない？」
奏。少しの間があって――
奏「――そうだね」
貴志「（何も言わずに、寝室へ行ってしまう）」
奏、ノロノロとリビング〜キッチンへ。
奏「――」
部屋の中を見回す。それなりに生活感のあるリビング。
奏「――」
指輪のない左薬指を見る奏。三十五歳。
キッチンのシンクには、貴志の残した洗い物が置いたままだ。

同・寝室（深夜）

ベッドに横になっている奏と貴志。
奏「（なかなか眠れない）」
眼を開けたまま、寝返りをうつ。
隣の貴志。奏が、眠れないことに気づいている。
貴志「――」

知美のマンション・リビング（深夜）

リビングの灯りは消えている。
トイレから戻って来た祐希。
寝室の方へ行こうとすると。
暗がりの中、ソファに座っていた知美が、
知美「（不意に）ねえ」
祐希「（驚き）な、何。こんなとこにいたの」
知美「なんだか眠れなくて」
祐希「――」

知美「今日、マサキに会ったんだって。かなで」
祐希「(ギクリとし) え。ウソ」
(実は、嘘。しらばっくれている。十三回忌の事を真樹に教えたのは祐希。数か月前、真樹から連絡があり、以来こっそり連絡をとりあっている)
知美「なんで急に今頃」
祐希「――」
黙ったまま、何も答えない。
知美「ねえ。聞いてる?」
祐希「聞いてるよ」
祐希、誤魔化すようにキッチンへ。
祐希「――」

公園(深夜)

真樹がひとりベンチに座っている。
その真樹の横顔に。

キキーッという車のブレーキ音!が、蘇る。
真樹「――」

フラッシュ・回想・事故

・「かなでのパパは自殺じゃない。殺されたんだよ」
・「え」
・「ねえ。一緒に死なない」「死のうよ」
・「カオリ。やめろ。お前どうかしてるよ」
・「カオリ。やめろ! やめろって」
・ハンドルを切る手元

真樹。気づくと、こぶしを握りしめ、額に汗が滲んでいる。
それらの記憶を振り切るように、

真樹「（夜空を見上げて）――」

横浜地検・中央支部・支部長室（週明け）

大畑と話している奏。

大畑「（書類をめくりながら、静かな口調で）フウン。それじゃオーナーから、犯行を裏付ける供述は引き出せたわけね」

奏「ハイ。これで、増子と池口の自供の裏付けがとれました。やはり川越拓海が共犯であることは間違いないです」

大畑「勝てる自信は」

奏「あります」

大畑「なるほど」

と、奏の提出した起訴状案に判子を押そうとした時、

加地「（入って来て）西村検事。先日の参考人が、裁判では証言できないと言って来ました」

奏「どういうこと」

加地「あれは、思い違いだったと」

奏「（呆れて）そんな。まさか」

加地「いや、僕も何度も問い質したんですが、急にとぼけ始めて」

その時、大畑の電話が鳴る。

奏・加地「（チラッと見る）」

大畑「（電話取り）ハイ。――ハイ。あ、そう。――そう。なるほど。そうですか。――どうもありがとう」

電話を切り、誰に言うともなく

大畑「（呟くように）川越拓海の顧問弁護士が、野木浩一郎に代わった」

奏・加地「（え？　と見る）」

大畑「（奏らの反応を無視し、勝手にテレビをつける）手ごわいのを出してきたわね」

テレビ画面の中、囲み会見をしている弁

護士、野木。

大畑「（ふっと笑い）ヤメ検が、つぶしにかかってきたか」

野木法律事務所・前

記者たちに囲まれている野木。

野木「（淡々と説明している）被疑者が民事党現幹事長のご子息ゆえにシャカリキになっているようですが。これは、完全に警察の勇み足でしょう」

記者の質問に。

野木「不当逮捕と言えると思います」

野木「この状況で検察が起訴することはないと信じています」

野木「（余裕のある感じで）起訴はありえません」

野木「（ほほえみ）ありえません」

横浜地検・中央支部・支部長室

テレビ画面をじっと見ている奏。

奏「――」

フラッシュ・回想

・警察に駆けつけた野木

・「あの人」「マサキのお父さん」と言った知美

奏N――その人は、あの日、事故に駆けつけたマサキのお父さんだった

知美のマンション

同じニュース画面を真剣に見つめている知美。

知美「――」

横浜地検・中央支部・廊下

廊下を歩く奏。

奏N――でも、それだけじゃない。同じような光景を、どこかで見たことがあるような気がした

フラッシュ。奏の過去の記憶（短く次々と）

・若き日の野木の記者会見
・英介の笑顔
・カナカナと呼んだ英介
・自死した父英介を見てしまった中学生の奏

奏N――思い出せないくらい、遠い記憶の断片

神奈川県警・横浜南警察署・表（数日後）

釈放される被疑者、川越拓海。

奏N――結局、民事党幹事長川越昭彦の息子、川越拓海は、処分保留で釈放され、その後不起訴が決定した

横浜地検・中央支部・奏の執務室

奏N――再び、私の日常が始まった

執務室で調書を読む奏。

その顔に悔しさが滲む。だが、仕事に没頭する。

奏「――」

横浜地方裁判所・外（一週間後）

ひとりの男の足元。（スニーカー又はブーツなど）

裁判所の中へ入って行く。

同・構内

野木が、裁判を終えて出て来たところ。

被告の家族が、野木に御礼を言っている。
「先生のおかげです」「ありがとうございました」等。
そこへ。
近づいていく男の足。
野木「(男の気配に気づき、顔を上げる)?」
内心の驚き。だが、(感情は表に出さずに)無表情に男を見る。
野木「――」
男は、(十二年ぶりに会う息子)真樹だ。
二人、見つめ合う。
真樹「――」
野木「――」
真樹「(静かに)あなたにお聞きしたいことがあります」
野木「(強い口調ではなく)なんだ。いきなり」
真樹「少し時間をもらえますか」
野木。少しの間があって。
野木「――わかった。向こうへ行こう」

横浜市立・横浜みなと総合病院・カンファレンスルーム

貴志と真樹の担当医師が、検査結果を見ながら、話している。
貴志「逃げ出した患者ですか。この間の」
担当医師「頭部外傷と腹部強打で搬送された方なんですが」
貴志「――」
(貴志、検査結果を見る。気になっている所見があるが、ドラマ上はオフ)
貴志「(淡々とした口調で)結局、連絡はとれていないんですか」
担当医師「はい。携帯電話もつながらないし。実は、住所も不定なんです」

貴志「野木真樹――」

横浜地方裁判所・ロビー

片隅のソファに座り話している真樹と野木。

野木「（責める感じではなく）――今まで、どこで何をしてた」

真樹「――」

野木「家族がどれだけ心配していたか。考えたことはないのか」

真樹「（黙ったまま、答えない）」

野木「真樹」

真樹「子どもじゃないんです。そういう言い方はやめませんか」

野木「――」

真樹「聞きたいのは、元東京地検の検事だった辻英介のことです。二十年前、環境エネルギー汚職事件で、逮捕寸前に自殺した」

野木。（内心の困惑。だが）呆れたように真樹を見て

野木「お前が今、何をしているのか知らないが。そんな話をするために俺に会いに来たのか。十年以上も音信不通にした挙句が、これか」

真樹「――」

野木「お前に話すことは何もないよ」

真樹「――」

野木「なぜそうやっていつも、失望させるようなことばかりする」

真樹「――」

野木「（真樹の姿を、上から下まで見て）ちゃんと食えているのか。ちゃんと暮らして」

真樹「話をそらすなよ」

野木「（キッと、初めてここで、険しい顔で真樹を見る）」

真樹「（低く）俺は事実が知りたいだけだ。——知らないと、困るんだ」
野木「（気づいて）お前——誰かに頼まれたのか」
真樹「——」
　野木、ポケットから長財布を出し、一万円札を数枚真樹に突きつけると
野木「くだらない詮索をするのはやめろ」
　と、言い捨て行ってしまう野木。
　真樹。一瞬その場に立ち尽くすが——
　すぐに追いかける。
真樹「待てよ！」

フラッシュ。回想・事故（短く断片的に！）
・運転するカオリ
・「かなでとは、つきあわないほうがいいよ」
・「なんで」

真樹「待てっ！（グイと野木の腕を引っ張り、一万円札を投げつける！）なんだよコレ」
　床に散らばる、一万円札。

フラッシュ。（短く！）
・「かなでのパパは自殺じゃない。殺されたんだよ」
・「カオリ、やめろ！　やめろって」
野木「（カッとなり）なんなんだ。お前は！　離せ」
真樹「（離さず、さらに食い下がる）」

フラッシュ。（短く！）
・「だって。かなでのパパは——」
・もみあうカオリと真樹

真樹「（低く）アンタが殺したんじゃないんですか。辻英介を」

野木「――（黙ったまま。答えない）」

真樹「何とか言えよ！　殺したんだろう！　辻英介を！　だから、あの事故が――。オレはカオリを」

野木。

その目線が、廊下の向こうの一点を見つめている。

真樹「（振り向く）――」

そこに立っている奏。

（傍らには、事務官の加地）

（奏の手には、書類の入った風呂敷包）

真樹「（驚き奏を見つめる）――」

奏に真樹の声は聞こえたのだろうか。

奏「――（凍り付き、二人を見つめている）」

真樹「――」

野木「――」

真樹。野木。

そして、奏の視線が、ぶつかり合う――

奏「――」

奏N――封印していた過去が、突然、押し寄せてきた

つづく

第 3 話

Destiny *episode:3*

2話のリフレイン

・検事として働く奏。支部長大畑登場
・入院中の真樹
・貴志の奏へのプロポーズ。「そろそろ結婚しない」
・カオリ十三回忌
・大学での奏と真樹の再会。「会いたかった」~喧嘩
・トモ「ダメだよ。マサキと会ったりしちゃ」
・野木の会見。「ヤメ検がつぶしにかかってきたか」
・真樹と野木の口論「殺したんだろう！　辻英介を！　だから、あの事故が――オレはカオリを」

等

横浜地裁・ロビー（つづき）

真樹と野木の様子を、呆然と見ている奏。
真樹も奏を見る。二人の視線、ぶつかり合う。

奏「――」
真樹「――」

が、奏。その場を去ろうとする。
真樹、思わず追いかけ！

真樹「かなで！（と、呼び止める）」

その声に、ドキリと足を止める奏。

奏「――」
真樹「待てよ。（何かを言おうとする）待って」
奏「――」

だが、奏。傍らにいた加地に、

奏「ゴメン。行こう。加地くん（と、歩き始める）」
加地「（少々驚いた様子で）いいんですか」

奏「（それには答えず、足早に歩いて行く）——」
　歩く奏。泣きそうな顔で、どんどん歩く！
奏「——」
　その様子を、呆然と見つめている真樹。
　野木。
真樹「——」

横浜地検・中央支部・外観（日替わり）

同・内

　外仕事から戻り、廊下を歩いている奏。
奏N——あの日以来、マサキの声が耳をついて離れなかった

以下モンタージュで（仕事をしている奏にNが重なり——）

　・執務室で加地と打ち合わせしている奏
奏N——あの時、マサキは確かに言った。〝辻英介を殺した〟と

　フラッシュ
　・揉み合う真樹と野木
　・「何とか言えよ！　殺したんだろう！　辻英介を！」

　・被疑者の取り調べをしている奏
奏N——マサキのお父さん——野木先生が父を殺した？

　フラッシュ
　・「だからあの事故が——オレが、カオリを」と言った真樹。

奏N――そのことと、カオリの事故は、どういう関係があるのだろう

フラッシュ。奏のイメージ

・クラッシュする車！

・カオリの運転する車。助手席の真樹。

奏「――」

・終業後の執務室で、ひとりＰＣに向かいネット検索を始める奏。『環境エネルギー汚職事件』

横浜地検・中央支部・廊下

人目に付かない場所で、電話をかけている奏。（相手は東京地検の同期だ）

奏「うん。ちょっとお願いがあるんだけど。東京地検の事件資料の閲覧ってできるかな。――ウン。二〇〇四年前後」

同・奏の執務室（別の日）

奏N――かつて、父が検事として関わった環境エネルギー汚職事件

東京地検の同期から取り寄せた資料を見ている奏。

『環境エネルギー汚職事件』の事件資料だ。

奏「――」

奏N――その公判後、父は自殺した。私の目の前で

フラッシュ。（ごく短く）

・英介の動かない足先

・立ち尽くす十五歳の奏の制服の後ろ姿

奏N――やさしかった父

フラッシュ

・「カナカナ」と呼んだ父の笑顔

公　園（1990年代・高松地検時代）

奏N――子どもの頃は、よく遊んでくれた。私は、父がどんな仕事をしているのかすら、知らず――

並んで話している英介と幼き日の奏。

奏「お父さんのお仕事は、なあに」

英介「お父さんの仕事はな、検事っていうんだ」

奏「ケンジってなあに」

英介「う～ん。むずかしいなあ。悪いことをした人がいるだろ。その人を捕まえて。本当に悪いかどうか判断して。それから、その人が良い人になるように――」

奏「わかんない」

英介「そうか。いいよ。わかんなくて。カナカナには」

帰り道（夕暮れ）

手をつないで歩いていた英介が、ふと足を止め、

英介「（真顔で）正義をつらぬくこと。かな」

奏「？」

英介「聞いただろう？　奏、お父さんの仕事のこと」

奏「うん」

英介「お父さんの仕事は、自分の正義をつらぬくこと――。いや、正義をつらぬけるかどうか。それが試される仕事なのかもしれないな」

奏「――」

奏N――その日のことを、なぜかよく覚えている。

夕暮れの公園。並んで歩いた道。父の手のぬくもり。そして、いつもとは違う父の顔

横浜地検・中央支部・奏の執務室

　真剣な顔で、資料を読む奏。

東京の官舎（2001年〜）・モンタージュで

奏N――父が変わったのは、私が小学校六年生の時――高松から東京へ越してからだ

・二人で夕食を食べている奏と母悠子。

「今日もお父さん、帰ってこないの?」

「うん。しばらく出張だって」

奏N――仕事で、何日も家に帰らないことが多くなった

・疲れた様子で深夜帰宅する英介

・「おかえり」と迎える奏に。「ただ今」と、一瞬笑顔は見せるが、またすぐ怖い顔になり、書斎へ

奏N――家でもあまり話をしなくなり、声をかけるのが怖いことさえあった

・書斎にこもり、深夜まで調べ物をしている英介

・ドアを少しだけ開き、そっと覗いている奏

・悠子が来て、邪魔してはダメというように首を横に振る

奏N――特捜。東京地検特捜部に父が所属していると知ったのは、テレビのニュースでだ

・テレビ画面

・『現職国会議員逮捕へ！　環境エネルギー補助金をめぐりC社から二千万円の収賄の疑い』『東京地検特捜部・関係先を一斉に家宅捜索！』等のテロップ

奏N――現職国会議員の汚職事件で、先頭に立ち

家宅捜索に入った父の姿。父は、事件の主任検事として議員逮捕に踏み切った
・先頭に立ち、家宅捜索に入る英介の雄姿！
・その映像を、見つめている奏と悠子
奏N——だけど——裁判が始まると。検察が事件を捏造していたことが明らかになり
・次々と映し出される——新聞、週刊誌の記事
・『環エネ汚職事件！　検察のでっち上げ⁈』『公判でことごとく翻る証言！』『証言は強要された！』『取調室・密室での脅迫！』等
奏N——悪い人を捕まえているはずの父が、いつの間にか悪者になっていた
・『検察権威の失墜！』『主任検事逮捕か⁈』

・黒で目の部分が塗りつぶされた検事の写真。明らかに英介である
奏N——そして父は——

横浜地検・中央支部・奏の執務室

奏　「——！（不意に何かを思い出す）」
フラッシュ。デジャビュのように——（過去の会見と2話の会見が次々と交錯する！）
・記者たちに囲まれ質問責めにあっている野木（2話）
・「被疑者が民事党幹事長のご子息ゆえにシャカリキになっているようですが。これは完全に警察の勇み足でしょう」（2話）
・記者に囲まれる二十年前の野木（英介

の事件）
・「検察によって事件が捏造されたのです」（英介の事件）
・「起訴はありえません」（英介の事件）
・「ありえません」（英介の事件）（2話）等
・週刊誌の見出し『正義の弁護士！　逆転無罪！』

奏「（ハッと気づき）」
　奏。
　『環エネ汚職事件』の検察資料をダーッとめくる！
　公判記録。たどり着く名前。
　被疑者議員の担当弁護士欄に『野木浩一郎』の名。

奏「（息を呑む）――」

奏N――検察による事件の捏造を暴き、父を逮捕に追い込んだ弁護士は

奏「――野木浩一郎」
　その時。
　執務室のドアがノックされる。

奏「（ハッとし）ハイ！」
　ドアが開き、顔を出したのは大畑。

大畑「ちょっといい」

奏「――ハイ」

大畑「最近あなた、何かコソコソ調べているようだけど」

奏「え。――あ、いえ」

大畑「（サラリと）元特捜の辻英介のこと？」

奏「（驚き）――ご存じだったんですか。父のこと」

大畑「姓は変えても、それ位のことはすぐわかるわよ」

奏「――」

大畑「ま、いいわ。あなたにお客さんよ。〝正義の弁護士〟が、いらしてる」
　と、顎で奏を廊下へ促す。
奏「（凍り付く）――」

同・支部長室

　大畑が、ドアを開けると。
　応接セットに座り待っているのは、野木。
大畑「お待たせしました」
野木「（立ち上がり、会釈）――」
奏「（も、頭を下げる）――」
　出て行く大畑。すれ違いざまに奏に耳打ち
大畑「（小さく）気をつけなさい。この世界、どこで足元をすくわれるかわからない。お父さんの二の舞にならないように」
奏「――」
　ドアが閉まり、大畑がいなくなる。
　応接セットに座り向かい合う奏と野木。
野木「お忙しいところを、申し訳ありません」
　と、低姿勢な野木。
奏「いえ。とんでもありません」
野木「先日は、失礼しました」
奏「え」
野木「横浜地裁で」
奏「あ。いえ」
野木「お会いしたのは、あの時が初めて?」
奏「いえ。お目にかかってはいませんが、先日の違法薬物事件で、お名前とお顔は」
野木「ああ」
奏「それと、その前に一度。大学時代、及川カオリさんの事故の時に、長野の警察署でお見かけしたことが」
野木「そうでしたか。――真樹が、ご迷惑を」

奏「いえ」
野木「僕が、今日ここに来たのは――」
奏「（思い切って、切り込む！）父。辻英介のことですか？」
野木「（驚いたように、奏を見る）――」
　それから、フッと苦笑する野木。
　クスクスと笑い出し、とまらなくなる。
奏「（ムッとし）何か」
野木「イヤ。失礼。随分ストレートだなと思って」
奏「――（鼻白む）」
　だが、奏。今しかチャンスはないと思い――
奏「私の方こそ、一度お会いしてお話をお聞きしたいと思っていました」
野木「――何を。ですか」
　奏。間があって――

奏「二十年前。父が特捜時代に関わっていた〝環境エネルギー汚職事件〟のことです」
野木「なるほど」

同・廊下

　窓の外を眺めている大畑。
　ふと、支部長室の方を振り返る。
大畑「――」

同・支部長室

奏「（淡々と。なるべく平静を保ちながら）先生は、あの事件で、父が収賄罪で起訴した国会議員の弁護士だった」
野木「ええ。そうです（と、言ってから）なんだか取り調べみたいですね」
　笑みを浮かべる野木。
　だが、奏は（冷静なつもりで）続ける。

奏「特捜は、現職国会議員の逮捕に沸き立った」
野木「まあ、そうでしょう」
奏「でも、公判が始まると、それまでの証言はことごとく覆されました。有能な弁護士の手によって」
野木「有能かどうかは、わかりませんが」
奏「国会議員は無罪となり。父は、贈収賄の決め手となった秘書のメールが、捏造されたものと知りながら起訴へ踏み切ったとして、懲戒免職になった」
野木「はい」
奏「そして。逮捕寸前に――」
野木「(黙ったまま)――」
奏「父は、検事の仕事に誇りをもっていました。その父が、事件を捏造してまで、手柄をあげようとするなんて。私には――信じられません。信じたくもありません」
野木「(黙って聞いている)――」
奏「もしも、万が一、父が容疑をかけられるようなことをしたとしても、そこには何か理由があったはずです」
野木「――」
奏「そのことを私――。知りたくて」
　　野木。黙ったまま。
野木「――」
奏「――」
　　気まずく長い沈黙。
奏「(沈黙を破ろうと、何か言おうとした時)」
　　野木、不意にフッと顔を上げ
野木「だとしたら。なぜお父さんは、自身の潔白をかけて、闘わなかったんだと思いますか?」
奏「(小さく)え」
野木「君は、真樹の言ったことを気にしているんでしょう」

フラッシュ。短く！
・「あんたが殺したんだろう！」「辻英介を！」

野木「(静かに) 確かに。あれは、ある意味〝真実〟です」
奏「(ドキリと、見る)」
野木「だが、お父さんとの裁判で僕が述べたことは、すべて事実です。証拠が捏造されたことも、判決で認められている」
奏「――」
野木「僕は、弁護士として正義をつらぬいた。そして、君のお父さんは――負けた」
奏「――」
野木「痛ましい出来事でした――。だが、お父さんは、自分で自分自身を裁いた」

フラッシュ。短く！
・投げ出された英介の足元

野木「そういうことではないかな」
奏「――」
野木「少なくとも僕はあの時、そう――(感じました)」
奏「(思わず！重ねて) もしもそうだとしても！そうだとしても！　カオリの事故とは、どういう関係があるんですか。マサキは、いえ真樹さんは、あの時、確かに」

フラッシュ
・「だから、あの事故が――。オレがカオリを」と、言った真樹。

野木「(重ねて。少々、強い口調でぴしゃりと)」

僕は、それ以上のことは知らないし、答えようがない」
奏「――」
野木「あなたは僕に、検事として聞いているの？　それとも、辻英介の娘として？」
奏。一瞬言葉に詰まる。
奏「（小さく）――両方です」
野木「だったら、少々お粗末だな。検事としては」
奏「（悔しい）――」

横浜市立・横浜みなと総合病院・廊下～外科診察室

ナースに案内され歩く、男性患者の後ろ姿。
診察室には、白衣姿の貴志。ＰＣ画面（電子カルテ）を見ている。と、ノックの音。
貴志「どうぞ」
ナースと共に入る患者。
貴志「（ＰＣ画面から、視線を移し）野木真樹さん。ですね。先日、救急搬送された」
患者は、真樹である。
真樹「ハイ」
貴志「すみません。お呼び立てして」
真樹「――いえ」
真樹、貴志を見る。
貴志「（も、真樹を見る）――」
それから、目線をＰＣに移し
貴志「ちょっと、お話ししたいことがありまして」

横浜地検・中央支部・支部長室

奏、大畑に書類を提出している。

大畑「(書類に目を通しながら) 供述が取れない時は、客観的事実と証拠を積み重ねる。それが基本でしょ」

奏「は?」

大畑「手ごわい相手には特に」

奏「(その意味が判り) ——」

同・奏の執務室

長野県警松本東警察署の電話番号を調べている奏。

番号を見つけ、電話をかけ始める。

奏「松本東警察署ですか。私、横浜地検中央支部の西村と申します。お世話になっております。

——十二年前、二〇一二年七月に松本東署管内で起きた自動車事故について問い合わせたいことがありまして。——ハイ。はい。検事の西村です(等続いて)」

奏のマンション(その夜)

遅い夕食(トッピング多めの〝ぶっかけうどん〟)を食べている奏と貴志。

奏、黙々と食べている。

奏「——」

フラッシュ

・野木とのやりとりが蘇る

・「僕は、弁護士として正義をつらぬいた」

・「そして、君のお父さんは、負けた」

・「あなたは、僕に検事として聞いているの? それとも、辻英介の娘として?」

・「だったら、少々お粗末だな。検事としては」

貴志の声「十七日は、どうかな？　来週の土曜」
　ぼんやりしていて聞き逃した奏。
奏「（ハッとして）え？」
貴志「あ。だから長野へ行く日。来週の土曜で大丈夫？」
奏「あ。うん」
貴志「お母さんに、結婚のこと報告しないと」
奏「（穏やかな感じで）そうだね」
貴志「また難しい事件？」
奏「え？　（気づいて）シワよってる？（眉間のこと）」
貴志「うん（と、ニコニコ）」
奏「ええ〜っ！　ヤダ（と、洗面所へ）」
貴志「大丈夫だよ。よってないよ！」
　「でも〜」などと言いながら、奏、洗面所の方へ行こうとした時。奏のスマホが鳴る！

奏「？（と、見ると知らない番号＝未登録だ）」
　ドキンと見つめる。
奏N──マサキかもしれない──そんな予感がした
　電話。しつこく鳴り続ける。
　だが、貴志の手前出られない。
貴志「いいの？（出なくて。の意）」
奏「知らない番号。イタ電だと嫌だし」
　呼び出し音。ようやく、切れる。
貴志「そう」
　気にしてない風の貴志。食事を終え向こうへ。
奏「──（気になり、スマホを見つめる）」

同・下

　切れたスマホの画面を見ている真樹。
真樹「──（奏の部屋の方を見上げて）」

諦め、歩き出すが――もう一度振り向く。

奏のマンション／知美のマンション

また、電話がかかって来る。

するとと、それは知美からだ。

奏「（ドキッとして、見る）――」

奏「（出て）ハイ。どうしたの？」

知美の声「遅くにごめん。今いい？」

奏「いいけど。ちょっと待って」

と、貴志から見えない場所へ移動する。

（貴志、なんとなくその気配を感じている）

奏「もしもし。何？」

以下、適宜、奏と知美のカットバックで――

知美「ウン――。あれからマサキと会ったりしてないよね」

奏「会ってはないけど――」

知美「何？」

奏「うん。――電話じゃ話せないから。またゆっくり」

知美「何？　電話じゃ話せないって」

奏「そんなに気になる？（小声で）マサキのこと」

知美「（黙ってしまう）――」

奏「もしもし？　トモ？　聞こえてる？」

知美「――わかった。空きそうな日があったら連絡して。一度会って話そう？」

奏「ウン。じゃあね。おやすみ」

知美「おやすみ」

電話を切る知美。

放心したように、何かを考えている。

知美「――」

すると、後ろから誰かが！「ワッ!!」

氷か何かを、首にくっつける！

知美「ヒッ!!（と、必要以上に驚く。心臓が止まりそう）」

希実「わ～。おどろいた！　おどろいた！」

風呂上りのパジャマ姿の希実が、嬉しそうにその辺を走り廻る。

祐希「（タオルで頭を拭きながら来て）希実！　お前、幼稚園生じゃないんだから！　（知美に）何そんなに驚いてんの？」

知美「え。うん――」

と、祐希も隠し持っていた氷を、知美の頬にベチャッとつける。

知美「キャッ！」

祐希「（嬉しそうに）いえ～い。驚いた驚いた!!」

知美「――くそぉ。ふたりとも!!!」

追いかける知美。パジャマ姿で同じ顔をして、はしゃぎ、逃げ回る祐希と希実。

知美、追いながら

知美「（ふっと真顔になり、奏の電話のことを思う）――」

長野（週末）

夏の日差しに、木々の葉がきらめいている。

西村家（奏の実家）・居間～台所

奏と貴志が、来たところ。

奏の母悠子、いそいそと食事を運びながら

悠子「（嬉しそうに）まあ貴志さん、お忙しい中来てくださって！」

貴志「どうも、ご無沙汰してます。（料理を見て）あ。すごいなあ」

テーブルには、手作りの料理が、ここぞ

とばかり並んでいる。

悠子「さ。座って座って。貴志さんが好きだって言うから、今日は、キノコの炊き込みご飯にしたのよ。あれ？　グラスがまだね。ビールも飲むでしょう？　いいわよね。車じゃないんだから」

などと言いながら、台所へ。

奏N――母の浮かれぶりが、手に取るようにわかった。母は、私たちが、結婚の報告に来たと思っているのだ

奏「三人でこんなに食べられないよ」

悠子「いいじゃないの。食べきれなかったら持って帰れば。奏も、ちょっと突っ立てないで手伝って」

奏「ウン」

奏N――それはもちろん、間違いないことだけど。なぜか心が弾まない自分に気づいていた。父のこと？　マサキのこと？　ここ最近の身辺のざわつき。それもある――。でも、それだけじゃなく

奏「（貴志にそっと）本当に今日言うの？　結婚のこと」

貴志「（驚き）言わないの？　どうして」

奏「え。だって。私まだ返事してないよ（と、冗談めかして）」

貴志「あ（と、初めて気づく）」

奏「ホラね。気づいてなかったでしょ」

などと言っていると、悠子来てしまう。

悠子「あ！　お箸もない。もうダメね！　この頃〝順調〟で」

奏「順調？」

悠子「順調に老化が進んでるってこと」

奏「――」

奏N――母は、いつからこんなに明るくなったのだろう

明るく台所へ行く悠子の姿。

奏N――どうやって、父の死から立ち直ったのだろう

同・食卓

悠子「それじゃ。いただきましょう」
貴志「あ。その前に」
悠子「（結婚のことかと、期待に胸膨らませ）え？」
貴志「ええと、ですね」
と、奏の方に向き直る貴志。
奏「？（と、不思議そうに見る）」
悠子「（も、見る）――」
貴志「（大真面目に）奏さん。ぼくと結婚してもらえますか」
奏「（ポカンと）え」
貴志「だって。返事まだだからって」
悠子「（驚き）そうなの？」

貴志「返事。おねがいします」
奏。少しの間があり――（それは躊躇なのか）
奏「ハイ。こちらこそ。よろしくおねがいいたします」
悠子「（喜び！）乾杯！　乾杯しましょう。わあ。なんだか私まで嬉しくなっちゃった。今日は、飲んじゃおう」
奏「え、大丈夫？　飲めるの」
悠子「最近ひとり晩酌覚えたの。もしも倒れたら、放って帰っていいからね」
貴志「（真顔で）そんなわけにはいきません。医者ですから」
奏・悠子「（真面目過ぎる貴志の様子に、顔を見合わせ）――」
プッと吹き出す。
貴志「え？　何か」

悠子「ううん。ホントにいい人見つけてよかったわねえ。奏」

奏「（苦笑して）」

ビル・地下駐車場（東京）

一台の高級車が停まっている。

後部座席に野木。運転席にひとりの男。

（議員秘書だが顔は分からない）。

運転席の男「すみませんね、先生。こんなところで」

野木「いえ」

運転席の男「ちょっと気になることがありまして」

野木「何か」

運転席の男「最近お会いになりました？　辻英介の娘に」

野木「（苦笑し）よくご存じで」

同・別の部屋

押し入れの中。何かを探している奏。

（〝父の遺品の入った段ボール〟だ）

奏「――」

粘着テープで封がしたままの段ボールを見つける。

『英介』と太字のペンで書かれている。

ドキドキしながら、封を開ける奏。

そこに入っている。本やノート。資料。写真等。

奏「（一枚の写真に、手をとめる）――」

それは、まだ二十代らしき英介の古い写真。

誰かの送別会らしく、花束を持つ中年男性（支部長）と、横に並んだ検事たち。

そして――。

英介と一緒に写っている若き日の野木浩

一郎。

写真の日付。1988年3月27日。

奏「(驚いて)――」

写真の裏書き『鹿児島地検・原支部長送別会』

悠子の声「何してるの?」

奏「(驚き)あ。ちょっと。大学時代のノート」

と、写真を隠す。

悠子「(英介の遺品を探していると、気づいているが)貴志さん寝ちゃったけど、どうする? 飲ませすぎちゃったかな」

奏「いいよ。そのままで。ここんとこ、オペ続きだったたから疲れてるのかも」

悠子「そうね。大変ね。奏も忙しいの? 仕事」

奏「ウン。でも、いつものことだから」

悠子。少しの間、考えているが――

悠子「(ポツリと)もういいのよ。無理しなくても」

奏「(驚いて)え」

悠子「あなたは、あなたの幸せを手に入れたんだから」

奏「別に、無理しているわけじゃないよ」

悠子「奏が、もしもまだ、お父さんのこと気にしてるなら」

奏「(重ねて)そんなんじゃないから、大丈夫」

悠子「だったらいいけど」

奏「――」

悠子「もう忘れなさい。お父さんのことは」

奏「――」

悠子「知らない方がいいこと――蓋をした方がいい過去だってあるのよ」

奏「――」

悠子「そのためにお父さんは、離婚を選んだ。私はそう思ってる」

奏「——」

悠子「なのに、あなたが検事になるなんて——。お父さん、思ってもみなかったでしょうね」

奏「——」

奏のマンション（夜）

PC画面を凝視している奏。

奏「(野木のインタビュー記事を読んでいる)——」

文末のプロフィール欄に書かれた野木の経歴。

奏N——野木先生は元検事——

検事時代に赴任していた地方検察庁が年代順に。

その中の「1988年鹿児島地検」の文字。

奏N——1988年、鹿児島地検に赴任していた——

奏、慌てて父の写真と照らし合わせる。

1988年。同じだ。

奏「——」

英介、野木。ともに笑顔である。

奏N——（囁き声で）父の同僚？

フラッシュ

・中央支部に来た野木

・「僕は弁護士として正義をつらぬいた。そして君のお父さんは——負けた」

・「お父さんは、自分で自分自身を裁いた」

・「そういうことではないかな」

奏N——でも、なぜあの時、そのことを、私にひと言も言わなかったのだろう

同・寝室

奏と貴志。各々のベッドに横になっている。

貴志「消していい？（ベッドサイドのスタンド）」
奏「え。ウン」
貴志「（スタンドに手を伸ばしかけ）どうしたの？」
奏「え」
貴志「なんか、元気ないから。昼間から」
奏「そんなことないよ。ないけど」
貴志「――気がすすまないの？　結婚」
奏「（驚き）まさか。そんなことあるわけないじゃない」

貴志。少しの間があって――

貴志「奏が嫌なら、結婚にこだわらなくてもいいよ」
奏「（驚いて）」
貴志「結婚したくないなら。今のままでも」
奏「そんなことないよ。何言ってるの。じゃあ、どうしてプロポーズしたの。結婚しようなんて急に」
貴志「（黙ってしまう）」
奏「――」
貴志「（ポツリと）なんでだろうな」

と言って、ベッドサイドの電気を消す。

貴志「冷蔵庫に、入ってるから」
奏「え。何が」
貴志「奏に、買っておいた」
奏「――」

夜空に

月。

奏のマンション・リビング〜キッチン（同日・深夜）

眠れずに起きている奏。
部屋は薄暗く、スタンドの灯りだけ。

奏「――」
と。奏のスマホが鳴る。先日の未登録の番号だ。

奏「（出ようかどうか、迷う）――」
奏、手を伸ばしかけ――その手を止める。
着信音。切れる。

奏「――」
奏、飲み物を出そうと、冷蔵庫へ。
（台所の電気はついておらず、奏の顔が冷蔵庫の光で、ぼんやり映し出される）
すると。
中に、お菓子の包みのようなものが入っていて。
『奏へ』と書いてある。

奏「？」
不思議に思い、手に取り開けてみる。
その中に入っている指輪。
婚約指輪だ。
冷蔵庫の光の中。キラキラと輝いている。

奏「（驚いて）――」

横浜地検・中央支部・奏の執務室（日替わり）

届いたばかりの郵便物の封を、急いで開けている奏。
それは、長野県警・松本東警察署からの資料だ。

奏「（慌てて、読み始める）」
すると、そこには、カオリの事故の詳細が記されている。（ハンドルに付着したマサキの指紋のこと等書かれているが、

奏　　まだオフ）
　　「（その真剣な眼差し）――」

知美のマンション（夜）

奏が、来ている。

知美「指輪が？　冷蔵庫に？」
奏「ウン」
知美「（奏の左手をグイと掴み）ちょっと見せて！　お洒落じゃん。これ、高いよ結構」
奏「かな？」
知美「ウン。少なくとも、ユウキがくれた指輪の十倍はするね」
奏「そんなに？」
知美「意外とお茶目なとこあるんだ」
奏「ああ見えてね。（苦笑する）」

知美、改めて奏の方を見て、

知美「（心から）おめでとう」
奏「ありがとう」
知美「（不思議そうに奏を見る）――」
奏「何？」
知美「もっとテンション上がってるかと思った」
奏「そんな年でもないよ。もう二年近く一緒に暮らしてるんだし」
知美「そんなもんですか」
奏「そんなもんだよ」

ハハと、力なく笑うふたり。
知美。不意に真顔になり

知美「マサキのことじゃないよね」
奏「え」
知美「テンション上がらない理由」
奏「ちがうよ。でも」

奏。少しの間があって――

奏「実はね」
知美「うん」

奏「マサキとマサキのお父さんが言い合ってるのを、見ちゃった」
知美「（驚き）どこで」
奏「横浜地裁のロビー」
知美「――」
奏「でね（と、声のトーン低くする）」
知美「大丈夫。今日は、息子もママ友に預けてるし、ユウキも遅くなるからって。で、何？」
奏。言い出すのをためらう。が、思いきって。
奏「私の父を殺したのは――マサキのお父さんだって。マサキが」
知美「（凍り付き）――」
奏「カオリの事故もそれと関係してるって」
知美「（低く）マサキが、言ったの？」
奏「（うなずく）」
知美「（息を呑む）――」

奏「そのあと、会って話したの」
知美「（思わず）マサキと？」
奏「ううん。マサキのお父さん」
知美「ウソ。何て？」
奏「父のことは、裁判で弁護士と検事として対峙しただけ。事故のことは、何も知らないって」
知美「――」
奏「でも、あの時マサキのお父さんが警察署に来て――」

フラッシュ。1話
・長野の警察署に駆けつけた野木

奏「事故は、カオリの責任、自過失だってことになった」
知美「（小さく）圧力をかけた――ってこと？」
奏「調べてみたの。長野の警察署に頼んで。そしたら――」
知美「――」
奏「ハンドルに、〝マサキの指紋〟が残ってたことがわかった」
知美「！」
奏「警察の調書は、指紋は〝カオリの暴走を止めようとして付着した〟で、片づけられてるんだけど」
知美「ただの事故じゃない――って思ってるの」
奏「(黙ったまま)」
知美「――」
奏「このこと。初めて人に言うんだけど――マサキ、あの時、私に何かを言ったんだよね」
知美「あの時？」
奏「カオリのお通夜の日」
知美「――」
奏「もしかしたら――。(かすれて)〝俺が殺した〟って」

フラッシュ。1話
・道路の向こう側。
「オレがカオリを――(殺した)」と
言った真樹

奏、口に出して言ってしまい、泣きそうになる。
知美「まさか。そんな」
奏「もちろんまさかと思う。そんなことあるわけないって。でも、検事の仕事をしていて、思うことがあるんだけど。罪を犯すか犯さないかって――紙一重なんだよね」
知美「――」
奏「いつ何が起こるか、何をしてしまうか。踏み越えるか、越えないか。人なんて、わからない。

人は何をするか」
知美「――」
奏「だから、父のことも。マサキのことも信じたいけど。娘として。――トモダチとして。（元カレとは言わない）でも、やみくもに信じることってできなくなった。検事だから」
知美「――」
奏「（うなずき）こんなことなら、検事にならなければよかった、って思うこともある。でももう、引き下がれないんだよね。だって、私――真実を知りたいから」
と、一気に言ってしまい、
奏「ごめん。こんな話」
知美「ううん」
奏「でも、トモとしかできないから」
知美「――（答えられない知美の罪悪感）」
奏「トモ、やっぱり私、マサキに会って聞こうと思う。事故のこと。あの時、カオリと何があったのか。何のために今現れたのか」
知美「やめなよ」
奏「どうして」
知美「だって。――もしも、マサキが本当にカオリのこと」
その時。
玄関のドアが開く音がして。
祐希の声「ただいま～」
奏・知美「（驚いて）!!」
知美「ヤダ、もう帰って来た。遅くなるって言ってたのに」
祐希「（顔を出し）誰か来てるの？　お客さん？」
知美「なんで？」
祐希「だって玄関に靴（と、言いかけ）あ、かなで（驚く）」
奏「こんばんは。久しぶり」

祐希「(フリーズし)――」
知美「何、固まってんの。今日は遅くなるって言ってたじゃない」
祐希「あ。イヤ。実はさ――。(背後へ)入れよ」
　祐希の後ろに立っている真樹。
真樹「――(気まずそうに)うぃす」
　驚く知美。奏。
奏「――」
知美「どういうこと」
祐希「あ。だから」
奏「――」
真樹「イヤ。オレがユウキに連絡して――。それで」
知美「(気づいて!)だから、カオリの十三回忌にも来たの? ユウキに聞いて?」
真樹「――(ちょっとうなずく)」
奏「(驚いて)」
知美「何二人でコソコソやってんのよ!」
祐希「イヤだって」
知美「マサキもマサキだよ。来るなら堂々と来ればいいでしょ」
真樹「――」
奏「(何も言えず、真樹を見て)――」
　祐希、皆を取り持とうと
祐希「まあ、でも。せっかくこうして会えたんだし。乾杯しよ。乾杯。あ、献杯か。カオリに」
　と、言いながらビールを取りにキッチンへ。
知美「(ボソリ)つまみなんかないよ」
祐希「そう思って、ホラ。ピザも買って来たしな」
知美「――」
奏・真樹「――」

同・テーブル

ビールやピザが用意されている。

祐希「それじゃ。カオリに――」

と、献杯しようとすると。

知美「（低く）献杯とか。信じられない。（真樹に）よく、来られたね。マサキ」

真樹「――」

奏「――」

祐希「え。トモさっきと言ってること違うし。堂々と来いって」

知美「裏でコソコソやってて、今度はノコノコ家にやって来るのが信じられないって言ってるの！　なんで今まで連絡してこなかったの！　なのに、なんで急に来たりするのよ！」

祐希「トモ。やめろよ」

真樹「（ボソリ）ただ、皆に会いたくて」

奏「――」

祐希「マサキ、ずっと海外にいたんだって。な」

知美「何してたの」

真樹「井戸掘ってた」

知美「井戸？」

祐希「NGOで、ずっとあちこち。開発途上国とか、紛争地とか。知らない？　ユニティザライフって団体」

奏「（内心の驚き）」

知美「何それ、贖罪のつもり。カオリへの」

祐希「トモ。そんな言い方しなくても。せっかく会えたんだし」

知美「マサキとなんか話したくない。今更、何も話したくない――」

祐希「トモ」

奏「――」

真樹、立ち上がり、

真樹「ゴメン。オレやっぱ帰るわ。ごめんなユウキ。トモも」

祐希・知美「――」

真樹「(奏を見て) かなで、も」

奏「――」

真樹「じゃ」

行きかけた真樹の背中に。知美。

知美「かなでに近づいちゃダメだからね！」

真樹「(立ち止まる)」

知美「かなでは、結婚するんだから。もう彼がいるんだから」

奏「――」

真樹「そうなんだ (と、奏に)」

奏「うん」

真樹「おめでとう。(もう一度) ――そうなんだ」

出て行く真樹。

廊下のドアがパタンと閉まる。

同・玄関外

出て行く真樹。

真樹「(夜空を見上げ) ――」

歩き出す。

同・リビング

呆然とそこにいる奏。

奏「(何かを考えている)」

奏N――今しかない――。心の中で、そう声がした

突然。バッと立ちあがる！

知美「かなで！ ダメ行っちゃ」

奏、その声を無視し、真樹を追い飛び出して行く。

同・マンション・下

駆け下りて来て、真樹を探す奏。

同・室内

残った知美と祐希。

祐希「（知美に）なんで、あんな言い方するんだよ。あそこまで言わなくても」

すると。突如泣き出す知美。

知美「だって、私が悪いから！　全部私が、悪いから！」

床に突っ伏し泣く。

祐希「（わけがわからず、その場に立ち尽くして）――」

夜道

走る奏！　走る！

すると、前方に真樹が歩いている。

奏「マサキ！　待って」

真樹「（振り向く）――」

奏「（冷静に）あなたに聞きたいことがあるの」

真樹「何」

奏「どうして、あんなこと言ったの」

真樹「――」

奏「父とマサキのお父さんは、どういう関係なの？」

真樹「――」

奏「マサキは、知ってたの？　父の事件のこと。マサキのお父さんが、父が担当した事件の弁護士だったことも」

真樹「（ちょっと驚いて）」

奏「そのことと、カオリの事故はどういう関係があるの。本当は何を知ってるの。マサキ」

真樹。長い間があって――

真樹「オレも、知りたいんだ」

奏「――（意外な言葉に驚く）」

真樹「それを知るまでは――、（死ねない。とは言えず）しばらく、ここにいる」

奏「――」
真樹「どんな人なの」
奏「え」
真樹「結婚相手」
　真樹、ちらっと奏の左薬指の指輪を見る。
奏「――」
真樹「いいなあ。かなでとケッコンか」
奏「何言ってんの」
真樹「だな」
奏「――」
真樹「何かわかったら、連絡していい?」
奏「(気づいて)あの番号って」
真樹「そう。オレ」
奏「(逡巡があるが)――いいよ。(と、言ってしまう)」
真樹「じゃあ」
奏「じゃあ」

　二人。別れて、各々別の方向へ歩き出す。
　歩く奏。
　歩く真樹。
　道路を渡る奏。
奏「――」
　その時。不意に真樹の声!
真樹「かなで!」
奏「(ふりむく)」
　道路の向こう側に立っている真樹。
真樹「放しちゃダメだぞ!」
奏「え?」
　真樹いつかの〝絶対離れない手のつなぎかた〟をやってみせる。
奏「わかってる。――わかってるよ」
真樹「(ほほえみうなずく)」
奏「――」
　その真樹のほほえみを見た途端。

奏の心の中で、何かがプツンと弾ける！

奏N――（囁き）いつものマサキの顔――。行ってはダメ

一瞬。道の向こうへ（数歩）行きかける奏。

奏N――（囁き）わかっているのに

その時。二人の間をトラックが通り過ぎる！

ププーッ！クラクションの音

フラッシュ。1話（ごく短く）

・二人の間を通り過ぎるトラック

奏「!!（驚き、その場に立ち尽くす）」

フラッシュ。1話

・トラックが通り過ぎると、いなくなっていた真樹

だが、トラックが通り過ぎた後――。

そこにまだ立っている真樹。

真樹「――」

奏「――」

そして次の瞬間。

二人同時に、走り出す。

真樹、奏。

見つめ合う。

真樹、奏をグイと引き寄せ、キス――してしまう。

つづく

第　4　話

Destiny　*episode:4*

3話のリフレイン

・野木と真樹の口論!「アンタが殺したんだろう! 辻英介を。だからあの事故が――オレはカオリを」
・目撃する奏
・『環エネ汚職事件』を調べ始める
・奏と野木「少々お粗末だな。検事としては」
・実家。貴志の公開プロポーズ。~冷蔵庫の中の指輪
・知美のマンション「ゴメン。オレやっぱ帰るわ」
・真樹を追う奏「父とマサキのお父さんは、どういう関係なの?」「カオリに何をしたの」「本当は何かを知ってるの。マサキ」
・「オレも、知りたいんだ」
・道路を挟んで立つ奏と真樹。駆け寄りキス　　等

夜道(3話の続き)

キスの後。
真樹、奏からそっと離れる。
真樹「――ゴメン。忘れて」
奏「(責める感じではなく、ポツリ)いつも、謝ってばっかり」
真樹「――」
奏「(泣きそうに)――ムリだよ」
真樹「じゃあ、忘れないで」
奏「――」
二人。見つめ合い――。

タイトル

早朝の街（横浜付近）

ひとり歩いている真樹。
その真樹の姿に——真樹のNが重なる。

真樹N——かなでと会うと、感情が溢れてしまう

フラッシュ
・奏とのキス

真樹N——一体、何をしたくて帰って来たのか
カナカナと〝ひぐらし〟の鳴く声——聴
こえて来る。

真樹N——子どもの頃からそうだった。いつも居
場所がなかった

公園近くの道（1992年）

真樹N——人生最初の記憶は、夏の終わり。三歳
の自分

夏物のワンピース姿の女性。
実母に（絶対離れない手のつなぎ方で）
手を引かれ、歩いている三歳の真樹。
実母、立ち止まり、真樹に何か言い聞か
せる。

真樹N——〝ちょっとここで待ってて〟と、母は
言った

コクリとうなずく真樹。
実母は真樹の手を放し、どこかへ行って
しまう。

真樹「——」

遠ざかる実母のワンピースの後ろ姿。
その軽快な足取り。（三歳の真樹のイ
メージ）

真樹N——そして、そのままいなくなった
セミの声と、白く弾ける灼熱の太陽。
その中に消える実母の姿。

公園

木の下にしゃがみこみ、何かをじっと見ている真樹。

真樹N——気がつくと、ひとり木の下にいて、死んだセミを見ていた

動かないセミの亡骸。見つめる真樹。

真樹N——あの日からかもしれない。人を好きになるのが、怖くなったのは

野木家

仕事へ出かける野木。

真樹N——母がいなくなってからも、あの人は仕事が忙しく、一緒に過ごすことは、ほとんどなかった

一方、庭でお手伝いさんに遊んでもらう真樹。

やんちゃに走り廻り、お手伝いさんを困らせる。

早朝の街・横浜付近（現在）

歩いている真樹。野木家へ。

真樹N——どうやらうちは、横浜の名士と言われる家だったみたいだ。どうでもいいけど

真樹「（立ち止まり海を見る）——」

野木家・庭（2003年頃・真樹中学生）

真樹N——本当に、どうでもいい——と、思っていた

野木家一族が並んでいる。

カメラを構える週刊誌カメラマンと、記者。

「ハイ。皆さん笑顔で！　こちら目線お願いします」

祖父母、浩一郎、隣に継母由美。妹の理

沙（小学生）。

端っこに制服姿の真樹（不機嫌な顔で、嫌々立つ）。

真樹N――あの人は再婚し、新しい母親は一生懸命オレに取り入ろうとした

継母、真樹をもっと中へと笑顔で促すが、無視する真樹。

真樹N――それが嫌で、反抗した

シャッター音がして――

週刊誌記事『家族の肖像』（知美がカオリに見せた記事）が、映し出される。

笑顔の家族の中。ひとりムスッとしている真樹。

真樹N――学校は、あの人の出身校へ無理やり入れられた

中学時代（以下モンタージュで）

真樹N――だが、教師に逆らい、年中授業をサボった

・廊下もしくは階段。なだめる教師を無視し、勝手にその場を去る真樹

・シーンとして、見て見ぬふりするクラスメート達

真樹N――悪いことも。まあまあ

・繁華街。ゲーセン。地元の仲間とたむろする真樹

・校長室で、校長に話をつけている野木

真樹N――でも、何をやっても、いつもあの人が、ことを丸くおさめた

・学校廊下。待たされている制服姿の真樹

・野木が校長室から出て来て、真樹を促す

真樹N――それでまた反抗。子どもだった

国立・信濃大学

　長野の自然溢れる風景。

真樹N――地方の大学に来たのは、ただ、あの家から逃げ出したかったから

　正門の前に立つ真樹。

真樹N――なのに法学部を選んだ

　キャンパスの中を歩く真樹。

真樹N――無言のプレッシャーの中、あの人の庇護から抜け出せなかった

　楽し気に話しながら、歩いている学生たち。

　（新入生歓迎の看板など）

　サークルのチラシを渡され、受け取る真樹。

同・法学部教室（オリエンテーション）

真樹N――大学に入ってすぐに、変な奴が声をかけて来た

　後ろの方の席に座っている真樹に。

　ニコニコと声をかけてくる祐希。

祐希「野木くんだよね」

真樹「ウン。そうだけど」

祐希「オレ、梅田祐希。出身どこ？」

真樹「横浜」

祐希「（嬉しそうに）あ。オレ川崎！　ねえ。やっぱここ田舎じゃね？　都会の香り皆無」

　と。あか抜けない感じなのに、都会人ぶる祐希。

真樹「（ポカンと見る）――」

同・カフェテリア

真樹N――無防備過ぎて、最初は、何か企んでいるんじゃないかと疑った

真樹「ヤベ～。金ね～。昼めしね～」

と、今まさに券売機で食券を買おうとしている祐希のところへやって来る真樹。

祐希「え。オレもこれで最後（財布の三百円）」

祐希、ニコッと笑い

祐希「半分ずつ食べよっか？」

と、なけなしの金で、三百円のカレーライスを買おうとした時。

傍らの募金箱『世界中の子どもたちに愛の手を！』に気づいて――。

祐希「やっぱ、こっちじゃね？（と募金してしまう！）」

真樹「（唖然）」

真樹N――でも、ホンモノのお人好しだった

同・教室（試験前）

祐希が、知美に懸命に何かを頼んでいる。

祐希「おねがい。たのむよ。貸してノート」

知美「え。やだよ。だって出てたでしょ。授業」

祐希「オレじゃなくて。マサキ」

真樹「へへへ」

知美「自分で頼め。しょうもないなあ」

カオリ「（来て）ねえねえ。お茶のみに行こ！ねえ、トモ。試験どこ出るかわかる？」

知美「もう！　試験前になると寄って来るんだから！」

真樹・カオリ「（ハモって）いいじゃん。トモ～」

真樹「奢るから」

カオリ「ウン。ユウキが！（と、冗談めかして）」

祐希「ええ～っ。オレ？　なんで」

一同。爆笑。

真樹N――屈託のない女トモダチ。トモ。カオリ

皆でトモを拉致するようにカフェテリアへ。

同・法学部・大教室（1話）

真樹N——そして、かなでと出会った

眼鏡をかけた奏の横に座る真樹。

真樹「（耳元に）見せて。おねがい」

奏「?! ——な、何（絶句）」

真樹「か、ん、に、ん、ぐ」

国道（1話）

滝のような雨の中、車を走らせる真樹。

落雷！

奏「キャッ!!」

ウォーターースライダーのような大雨！

奏「ウソ。ワイパー動いてない！」

高台の駐車スペース（1話）

星を見ている真樹と奏。

奏、眼鏡をかけたままのキス。

真樹N——初めて、心から人を好きになった

真樹の部屋（夜明け）（1話）

抱き合う真樹と奏。

真樹N——かなでのどこに惹かれたのか。よくわからない

奏の囁き。

奏「愛されていると思っていた人に、消えられるって。キツイ——よ、ね」

真樹N——でも、自分と同じ匂いがした

楽しかった日々（1話・モンタージュ）

真樹N——楽しかった日々

・カオリの車でドライブする一同。皆で歌う！（カオリ、真樹、知美、祐希、奏）

・河原でバーベキュー。はしゃぐ一同

・川で水をかけあう一同！

走るカオリの車（1話）

真樹N「だけど――
運転するカオリ。助手席の真樹。

真樹N――オレがすべてを――
スピードをあげるカオリ。

真樹「カオリ、やめろ！　やめろって」

カオリ「だから、かなでのパパは――」

真樹「言うな！」
ブラックアウトする画面――

真樹N――台無しにした

野木家・前・早朝（現在）
大きな古い木造家屋の前に立つ真樹。

真樹「――（見つめている）」
すると。ガレージが開き、高級車に乗り出勤しようとする野木の姿。

真樹「（スッと身を隠す）」
中年女性（継母・由美）が、家の中から小走りに来て、野木に何か言う。（「パパ、理沙も乗せてって」）
うなずき、待つ野木。
と、もうひとり二十代後半のＯＬ風の女のコ（理沙）が、走って来て、野木の車の助手席に乗る。

真樹N――妹の姿を見たのは、何年ぶりだろう――
――。オレがいなければ、幸せそうな家族
野木が運転し、車が出て行く――。
ちょっと手を振り、見送る由美。

真樹「（彼らの姿を見つめている）――」

真樹N――でも、その幸せの裏側に――犠牲になった人間がいることを、彼女たちは知らない
やがて、踵を返し歩き出す真樹――。

立ち止まり、家の方を振り返る。

真樹「――」

奏のマンション・洗面所・朝

顔を洗う奏。鏡に映った自分の顔を見つめ――

奏「――」

奏N「――マサキとの恋は、過去のことだ。と、自分に言い聞かせた

奏。

傍らに置いておいた、婚約指輪を手に取り見る。

奏「――」

奏N「――私には、ようやく手に入れた幸せがある。でも、それとカオリの事故のこととは――

その時、貴志が顔を出す。

貴志「ごはん、食べないの?」

奏「(ハッとし、慌てて指輪をはめて)ウン!」

同・ダイニング

奏、コーヒーを入れながら

奏「マンションを買う?」

貴志「(朝食を食べながら)結婚するとなったら、ここじゃちょっと狭くない? 将来的にも」

奏「それはそうだけど」

貴志「見てみたら、この近くにも良さそうなところあるし」

奏「――」

貴志「どうしたの?」

奏「(責める感じではなく)でも。私が、地方赴任の時はどうするの? だって、これから先も又絶対あるよ、転勤。その時は」

貴志「奏はどうしたい?」

奏「(一瞬、言葉に詰まる)――」

貴志「その時々に、決めていけばいいんじゃないかな。そんなに難しく考えずに」

奏「それはそうだけど。（小さく）でも、私にとっては、重大なことだし」

　出勤時間が迫っている貴志。

貴志「（時計を見て）もう行かなきゃ（と立ち上がる）」

　行きかけ——ポツリと

貴志「検事をやめて、弁護士になるとか。そういう選択肢はないの」

奏「（驚き）え」

貴志「そうすれば、ずっと一緒にいられるんじゃないかな。もちろん、奏さえよければだけど」

奏N——貴志は、ずっとそれを望んでいたんだ。と、初めて気づいた

奏「——」

横浜地検・中央支部・支部長室

　奏が、提出した書類を、大畑から受け取ったところ。

大畑「（小声で囁くように）検事を辞めようと思ったこと？」

奏「はい」

大畑「ないけど。一度も（と、キッパリ）」

奏「（内心の驚き）そうですか。一度も——」

大畑「そう。だから周り中を敵に回した。同僚も、上司も——夫も」

奏「——」

大畑「（フン。と鼻で笑い）ドクターの彼氏にでも言われたの？　検事をやめろって」

　チラッと奏の婚約指輪を見る。

奏「あ。いえ——」

大畑「みんなそこで迷うのよ。検事に転勤はつきもの。結婚。出産。子育て。単身赴任してでも検

事を続けるべきか。それとも検事を辞めて弁護士になるか。いっそのこと仕事を辞めるか」
奏「――」
大畑「でもね。私に言わせれば、一人前の検事にもなってない人間に、悩む権利なんてない」
奏「――」
大畑「悩むくらいなら、いっそスパッと辞めちゃいなさい。その程度の覚悟なら」
奏「――」
大畑「その方が、幸せになれるかもしれないわよ。まあ、何をもって幸せかなんて。本人にしかわからないことだけど」
奏「――」

同・廊下

廊下を歩く奏。

奏N――確かに、私は、まだ半人前の検事かもしれない。悩む権利もない程度の

歩く奏。

奏N――でも、やはり――この仕事を辞めたくはない

歩く。

奏N――それに、私にはまだやらなければならないことがある

フラッシュ。1話

・国道の向こうで何かを言った真樹
「オレがカオリを――（殺した）」

奏N――カオリの事故のことも、父の事件のことも。結局マサキからは何一つ聞いていない
奏「（スマホを取り出し、〝未登録〟の番号を検索し見る）――」
（真樹の番号だが、まだ登録していな

い）
思い切って、かけようと思うが――やめる。

同・玄関（夜）

ひとり出て来る奏。
すると。男が立っている。真樹だ。
奏「（驚いて）――」
真樹「話したいことがあって」
奏「私も――聞きたいことがあった」

同・建物内・廊下

皆帰り、シーンと静まりかえった建物内。
その薄暗い廊下を歩いて行く奏。
少し後をついて行く真樹。

同・奏の執務室

ドアを開け、誰もいない執務室に真樹を招き入れる奏。
奏「どうぞ」
真樹「いいの」
奏「本当はいけないけど、ここなら誰にも聞かれる心配ないから」
真樹「かなで、本当に検事になったんだな」
奏「？」
真樹「こんな個室まであるんだ」
奏「――うん」
互いに（先日のキスを）意識し、気まずい感じもあるが――そして、カオリの死についての話かと内心緊張している奏だが、平静を保ち――
奏「何？　話したいことって」
真樹「――ウン」
奏「――」

真樹「あ。コレ」

と、コンビニの袋を差し出す真樹。

真樹「バニラアイス。買ってくるって約束したから」

フラッシュ。1話

・奏の声「どこ行くの」

・「女のコから呼び出し。ウソ。コンビニ——すぐ戻る」と言った真樹。

・「フウン。じゃあアイス買って来て。あ、私も一緒に行こうかな」と奏。

・「いいよ。バニラでいいの?」と真樹。

奏「——(泣きそうな顔で、少し笑い。受け取る)」

真樹「あの日のこと。話す」

奏「——」

真樹「本当は、〝あの人〟に確かめてからと思ってた」

奏「あの人?」

真樹「父親」

奏「——」

真樹「でも、もう時間がないから」

奏「また、戻るの? 向こうへ」

真樹「(ちょっとうなずく)」

同・時間経過

机を挟み、向かい合う奏と真樹。

真樹「なんか。取り調べみたい」

奏「(野木が同じことを言ったと思い出し、複雑だが)そうだよ。話してもらわないと」

真樹「——」

奏「そうしないと、私。前へすすめない」

真樹「オレは。終われない」

見つめ合う二人――

奏「――」

真樹「――」

奏「――どうして。（言い直し）――どうして、ハンドルに。マサキの指紋がついていたの」

真樹「――（一瞬、絶句する。が、少し笑い）そこか」

奏「（真顔で、うなずく）」

真樹、ポツリポツリ、語り始める。

真樹「あの日――。あの日さ」

奏「ウン」

真樹「オレ。カオリに呼び出されて」

奏「うん」

真樹「オレは、カオリの車に乗った」

回想（1話・真樹のアパート付近）

カオリ「乗って」

真樹「――」

カオリ「いいから、乗って」

横浜地検・中央支部・奏の執務室

真樹「あの時、カオリは言った。〝かなでとは、つきあわないほうがいい〟」

奏「――」

真樹。言って良いか否か――逡巡があるが、

真樹「〝かなでのお父さんは、自殺じゃなく――殺された〟って」

フラッシュ。真樹の声に重なり――

・「かなでのパパは自殺じゃない。殺されたんだよ」と言ったカオリの姿と声！

奏「（かすれて）カオリが――そう言ったの」

真樹、小さくうなずく。

真樹「で。車停めさせて、話、聞いた」
奏「――」
真樹「かなでのお父さんと――。〝あの人〟が関わった〝事件〟のこと」

回想（1話・停まっているカオリの車）
新規シーン

カオリ、真樹に事件の記事のコピーを見せる。

真樹「環境エネルギー補助金の――汚職事件」
カオリ「マサキのお父さんは、この事件がきっかけで有名になった。でも、かなでのパパは、事件がきっかけで――自殺した」
真樹「どういうことだよ。それ、どういう意味だよ」
カオリ「なんか変なんだよね。この事件」
真樹「え？」
カオリ「逮捕された政治家は有罪確実だったのに、裁判になった途端、全部ひっくり返って、かなでのお父さんだけが、責任を背負わされて」

横浜地検・中央支部・奏の執務室
真樹「カオリは、何かを疑ってるみたいだった」

回想（1話・停まっているカオリの車）
新規シーン
カオリ「裁判で、検察の証言や証拠を全部覆したのは、マサキのお父さん」
真樹「――」
カオリ「かなでのパパは、裁判に負けて、今度は犯人扱い」
真樹「――」
カオリ「それで死んじゃった」
真樹「――」

カオリ「マサキのお父さんって、元々検事だったんでしょ?」
真樹「――」
カオリ「かなでのパパと同僚だったって、知ってた?」
真樹「(内心の驚き。が、不愛想に) 知らねえよ」
カオリ「二人はライバルだったんだって(と、意味深に)」

真樹。間があって――

真樹「(低く) アイツが、何かしたっていうのか」
カオリ「―― (答えない)」
真樹「カオリ」
カオリ「だって私、マサキのお父さんに会いに行って、全部聞いたから」
真樹「(蒼白になり) ――」

横浜地検・中央支部・奏の執務室

真樹「親父に会った? 勝手に?――頭にカッと血が上った」
奏「――」

回想(1話・カオリの車)

真樹「なんだよそれ。お前、何やってんだよ!」
カオリ「だから、マサキとかなでは、つきあったりしちゃダメなんだよ!」
真樹「(い) ったい何!」
カオリ「ねえ、一緒に死なない?」
真樹「(怒ったように) え」

車を急発進させるカオリ!

真樹「!」
カオリ「死のうよ」

横浜地検・中央支部・奏の執務室

真樹「カオリは、それ以上何も答えず、急に車を発車させた。それも物凄いスピードで」

回想・走るカオリの車

スピードを上げ、不安定な走行を続けるカオリ。

真樹「カオリ！」

カオリ「どうして私は、一番欲しいものが手に入らないの」

真樹「やめろ。やめろって！　お前どうかしてるよ！」

カオリ「なんで信じてくれないの！」

横浜地検・中央支部・奏の執務室

真樹「アイツあの頃変だったし。放っておいたら危ないと思って。必死にハンドルをとって止めようとした」

奏「――」

フラッシュ。短く

・事故の調書に添付された（真樹の）指紋画像のコピー。

真樹「でもなんか、すげえ力で――」

フラッシュ。短く

・ハンドルを奪い合うカオリと真樹

真樹「本気で死のうとしてるんじゃないかって」

奏「――」

真樹「ホントあいつバカだから。もうやめろって必死に言ったけど――」

フラッシュ。短く！

・ハンドルを奪い合うカオリと真樹！

奏「(低く) それで?」
真樹「気がついたら、カオリ――ハンドル切ってた」
奏「カオリが、自分で――ハンドルを切ったの?」
真樹「(微かにうなずく)」
奏「それは――確かなの」
真樹「オレが、手を離した」
奏「――じゃあ、どうしてあんなこと言ったの?」

フラッシュ。1話
・「ごめん。俺がカオリを――(殺した)」
と言った真樹

真樹「オレが殺したのと、同じだから――」
奏「――」
真樹「なんでオレ、あの時もっと冷静に、アイツの話を聞いてやれなかったんだろう」
奏「――」
真樹「もっと、落ち着かせて。機嫌とって。クリームソーダでも飲ませて。カオリは可愛いよ。とか言って、いつもみたいに」
奏「――」
真樹「なんか、オレももうカオリに振り回されるのに、疲れてたのかもしれない。いい加減にしろって。どこかで、思ってたのかも」
奏「――」
真樹「親父のこと言われて、カッとなったのもある。でも、それだけじゃなくて」
奏「――」
真樹「オレは、かなでが好きだし、それの何が悪いのかって」
奏「――」

真樹「それから――。たぶん。自分が死ぬのも、怖かった」
奏「――」
真樹「だから、ハンドルから手を離した」
奏「――」
真樹「そのあと、あの人が現れて。事故はカオリの過失で収まった」

フラッシュ。1話
・真樹の病室に現れた野木

真樹「オレにも容疑がかかってたのに。――いつものやり方」
奏「――」
真樹「でも、オレも逃げた。事故はカオリの過失と言われて、否定しなかった」
奏「――」
真樹「だから、オレが殺したのと――（同じ、と言いかけ絶句）」
奏。真樹。
長い沈黙の後――。
奏「（ポツリ）どうして、いなくなったりしたの」
真樹「皆に合わせる顔がなかったから」
奏「――」
真樹「だって。永遠にカオリには会えないんだよ。オレのせいで」
奏「――」
奏。黙ったまま、じっと何かを考えているが――。
携帯を取り出し、どこかへ電話をかけ始める。

知美のマンション近く（日替わり・休日）

知美と祐希が、友人家族に希実を託している。
希実、一泊キャンプの服装で、背にリュックサック。

祐希「お前、大丈夫か？　ちゃんとテントで寝られるか？」
希実「平気だよ〜〜」
知美「よろしくお願いします。何かあったら、いつでも連絡ください」
友人夫「ハイ。お預かりします」
友人妻「うちの子たちも、楽しみにしてるんですよ」
希実「じゃあね。行ってきま〜す！　早く行こうよお」
知美「いってらっしゃい」
祐希「はしゃぎすぎるなよ〜」

楽しげな希実を、笑顔で送り出す知美と祐希。
知美、見送った後。ふっと深刻な顔になり

知美「――」

知美のマンション・近く

夕景が広がっている。

同・内（夕方）

奏、真樹、知美、祐希が、黙ったまま座っている。
奏が、〝カオリの事故〟の真相を話したところ。
重苦しい空気が部屋を覆い――誰も口をきかない。

一同「――」

祐希が、ポツリと

祐希「じゃあ、カオリが勝手にマサキを呼び出して、勝手にスピード出して、それで――」
真樹「止められなかった、オレが悪い」
奏「――」
真樹「そのあと、連絡もしないで。いなくなって」
祐希「――」
真樹「だから。トモに怒られて、当然」
奏「――」

真樹、知美に頭を下げ

真樹「トモ。――ごめん」

ずっとうつむいていた知美。

知美「(ポツリ)違う。――違うんだよ」
奏「? (と、見る)」
真樹・祐希「(も、見る)」
知美「マサキのせいじゃない」
真樹「――」
知美「(絞り出すように)私なの!」
祐希「(小さく)トモ」
知美「あの事件のことを、カオリに言っちゃったのは! ――私だから!」
奏「どういうこと」
真樹「(驚いて)――」
祐希「(内心の困惑)」

知美、すでに泣きそうな顔で

知美「ゴメンね。かなで」
奏「(困惑し)――トモ」
知美「あの頃、私。卒論で冤罪事件のこと調べてて――環境エネルギー汚職事件の記事を見つけて」

回想・フラッシュ(1話・S#22)

・図書館で、資料を調べている知美

知美「(ふと、資料をめくる手がとまる)――」
『過去の冤罪事件・環境エネルギー補助金の汚職で検察が捏造されたメールを使い不当逮捕・公判後無罪に』等が書かれている新聞記事。(専門誌記事)

知美「その主任検事が、(言いにくそうに)かなでの――お父さんで」
奏「――」
知美「それを暴いたのが、野木弁護士、マサキのお父さんだって、わかって」
真樹「――」
祐希「――」
知美「私、驚いて。つい、そのことをカオリに――話した」

回想・信濃大学・キャンパス内(新規)

カオリ「ウソ。何それ」
知美「私もビックリしちゃって。見てコレ」
カオリ「(記事を見て)――」
知美「コレ。マズくない?」

知美のマンション

奏・真樹「(凍りついて)――」
知美「そしたら、カオリがどんどん暴走して――」

フラッシュ。(1話 S#23)
・揉める知美とカオリ
・「やめなよ、そんなこと。いいよ。そこまでしなくて」
・「え。だって、トモが最初に言ったんじゃない。コレ(記事のコピーなど)がもし本当だったらって」

・「トモだって気づいてるよね。あの二人がつきあってること。だからマズイって思ったんだよね」

・「――カオリ、ちょっと待ってよ」

・「絶対言ったほうがいいって」

知美「そんな子どもっぽいこと、やめろって。私、言った。あの頃、卒論もロースクールの試験勉強もあって、忙しかったし、カオリの恋愛ごっこにつきあってられないって、思ったから」

フラッシュ。回想

・「私が、カオリに話しちゃったのは良くなかったと思うけど。でも、もしこれが事実だとしても、それはあの二人の問題で、そこまで踏み込む権利は、私たちにはないし、それを伝えたところでどうなるの」

・「またそんな、理屈っぽいこと言っちゃって」

・「カオリが、マサキのことを好きなのはわかるよ。でも、だからって」

・「（カチンと来て）――別に私はマサキのこと、好きでもなんでもないよ。トモダチだから、言ってるんだよ」

・「もういいよ。そういう女子高生レベルの話は。勘弁して」

・「――」

・「私は、卒論だって仕上げなきゃなんないし、ロースクールの受験もあるの。恋だのなんだの、くだらないこと言ってらんないの。だから、私を巻き込まないで。私だって人生かかってんだから！」

・「じゃあなんで見せたの。（記事を差し

出す)」

・「ずるいよ。トモ。けしかけといて」

回想・新規(S#23のつづき)

カオリ「私は、わざわざマサキのお父さんに会いに、東京まで行ったんだよ。なのに」

知美のマンション

知美「カオリ、マサキのお父さんの事務所にまで押しかけて。話を聞いたらしくて」

真樹「――」

知美「ホント。この子なにやってんだろって――。呆れて。つい――(絞り出すような声で)言っちゃった」

回想・新規(S#23のつづき)

知美「――(冷たく)就職でも頼みに行ったの」

カオリの目から、みるみるうちに、涙が吹き出す。

カオリ「ひどい。――そんなこと言う? ――ひどいよ。トモ。トモなんか――トモなんか」

何かを言いかけ、バッと走って行ってしまう。

知美のマンション

知美「カオリ、泣き出して。それでもまだ私は、カオリに腹が立ってて」

回想・新規(S#23のつづき)

知美。

自己嫌悪が突き上げる。だが同時に、子どもっぽく情緒不安定なカオリへの怒りもこみ上げて。

知美「――」

知美のマンション

知美「追いかけもしなかった」
奏・真樹「――」
祐希「――」
知美「カオリが、ああいう性格だってわかってたのに。でも、まさか、死んじゃうなんて――」
奏「――」
知美「カオリのこと思い出すと、いっつもそのことが。だから考えるのは、やめようって。必死に蓋をしてたけど――でも」
真樹「(ポツリ) トモのせいじゃないよ。ちがうよ」
知美「ううん! 私。私なの。私がカオリを――」

知美、慟哭する。

知美「私なの!!」

奏。真樹。祐希。

なすすべもなく――泣き続ける知美を見つめて。

奏「トモ――」
奏N――トモも、マサキも――カオリの死をひきずったまま生きていた

泣いている知美。呆然と知美を見る真樹。

奏N――そしてその傷は、癒えることなく、今も続いていた――

道

奏N――私たちの青春は、あの日からずっと続いていたんだ――

黙ったまま、並んで歩く奏と真樹。

奏「――」
真樹「――」
奏N――三十五歳の今も、まだ終わっていなかった

バス停（もしくは最寄り駅）に着く奏と
真樹。

奏「もう少し歩かない？」

真樹「――」

奏「なんか、このまま――家に帰れない」

真樹「いいの。オレといて」

奏「だって――。トモダチじゃない。大学時代の」

真樹「――」

奏「カオリ。あの時、大真面目な顔で言って」

フラッシュ（1話・S#10）

・「私たち、ずっとトモダチでいようね」とカオリ

奏「ずっとトモダチでいようって」

真樹「ああ」

奏「（泣きそうに）なんかみんなで、笑っちゃって」

フラッシュ

・「うわ。今めっちゃベタなこと言ったの誰！誰！」

・「空耳？　幻聴じゃないの」と、祐希と知美

真樹「だな」

フラッシュ

・「だから、茶化すなよ。ぼくたちの友情を！」と茶化した真樹

奏「でも、本気だった。カオリは」

真樹「（それには答えず）――」

真樹、低く口ずさみ始める。
あの頃、皆で良く歌っていた曲。ＡＫＢ。
そのメロディ――。

奏「（黙って聞いている）――」
奏、不意にポツリと。

奏「忘れるね。キスは――」
真樹、一瞬チラッと奏を見るが。
再び、ＡＫＢを歌い出す――。

知美のマンション・屋上

知美と祐希、話している。

知美「（驚き）知ってた？　知ってたの」
祐希「だって。あの喧嘩の時」

回想・新規（1話・S23－A・キャンパス内・一角）

踵を返し、歩き出した知美、ハッと立ち止まる。
立っている祐希。

知美「――」
知美「聞いてたの？」
祐希「ううん」

知美のマンション・屋上

祐希「聞くなって言われても、聞こえるよ。あんな大声」
知美「――」
祐希「トモが、カオリのこと、ずっと気にしてたのもわかってた」
知美「――」
祐希「だからオレと、勢いみたいにつきあっちゃって。希実が出来て、結婚して――。トモ、司法試験の夢もあきらめて」
知美「あきらめた訳じゃない。そうじゃないよ」

祐希「――」
知美「生まれ変わりみたいな気がしたから――。希実が、カオリの」
祐希「生まれ変わり?」
知美「せっかく授かった命だから、大切にしなきゃいけないって」
祐希「――」
知美「あの時、ユウキがいてくれなかったら。ダメになってた」
祐希「――」
知美「ありがとうね。ユウキ」
祐希「(ポツリと) オレは、トモがずっと好きだったから。大学に入った時から」
知美「(驚き) そんなの知らないよ。(と、泣きそうに)」
祐希「知らないと思ってた」
　と、少し笑う祐希。夜空に顔を向けたまま
祐希「トモ。オレ頑張るから。トモのために。希実のために」
知美「――」
祐希「だから。これからも一緒に生きて行こう?」
　うなずく知美。

奏のマンション・近く

　歩いて来る奏と真樹。別れがたい気持ちだが――
奏「もういいよ。ここで。ありがとう」
真樹「ウン」
奏「マサキは今、どこに住んでるの」
真樹「家はない。あちこち色々。もうすぐ向こうへ行くし」
奏「また海外?」

真樹「うん」

奏「――」

真樹、ふっと真顔になり

真樹「かなで。――親父のことだけど。オレやっぱりもう一度、確かめに行く」

奏「え」

真樹「あの人が、かなでのお父さんを、陥れたとしたら。オレは、絶対に許せない」

奏「――」

真樹「でもあの人なら、やりそうな気がする。裁判に勝つためには、どんな手を使ってでも――。だから」

奏「(重ねて) 待って。――私が調べる」

真樹「なんで」

奏「だって、まだ何もわかってないから」

真樹「――けど。あの時カオリ」

奏「ううん。真実は何もわかってない。カオリがマサキのお父さんに会いに行って、何を聞いたのか。どうして父が (言うのが辛い) 殺された――なんて言い出したのか。この事件の裏には、何かあるのか。父はなぜ死んだのか確証はなにも」

真樹「――」

奏「私にとっても、父のことは、大切なことだから」

真樹「――」

奏「それに。むやみに人を疑うわけにはいかない。あの人は――あなたのお父さん――なんだから」

真樹「かなでは、やっぱり検事になったんだな」

奏「(ポツリ) そうだよ。――なったよ」

真樹、夜空を見上げて、

真樹「星、見えねえなあ」

奏「見えてる」

真樹「あんなの星じゃないだろ」

奏「――」

その様子を

見つめている男がいる。仕事帰りの貴志。

午前二時。タクシーを降りたところだ。

貴志「――」

が、貴志。そのまま歩き出す。

振り返りもせず、歩く。

横浜地検・中央支部（以下、モンタージュで）

・執務室で仕事をする奏

奏N――マサキとの約束通り、私は仕事の合間を縫い、父の事件についてさらに調べ始めた

・勤務時間外。『環エネ汚職事件』の公判記録を見ながら、関係者をピックアップする奏

・昼休み。関係者へアポを取る奏

奏N――事件の関係者にも、話を聞こうと試みたが

・「もしもし、私横浜地検中央支部の西村と申します。そちらの青木弁護士とお話しすることができますでしょうか。はい、元検事の」

・「お忙しい所失礼いたします。そちらに竹沢検事いらっしゃいますでしょうか」

・「名古屋地検ですか？　私、横浜地検中央支部の西村と申しますが」

奏のマンション・夜

奏N――誰一人として、応じてくれる人はおらず、時間だけが過ぎて行った

真っ暗な部屋にひとり帰ってくる奏。

奏「――」

ポケットから、カナカナと刺繍のしてある例の〝ハンカチ〟を取り出し、握りしめる。

その左薬指には、貴志からの婚約指輪。

横浜市立・横浜みなと総合病院・外科診察室（日替わり）

診察台の上に横になった真樹。

露わになったその腹部を触診している貴志。

貴志「痛みや、張りを感じることはありますか」

真樹「いえ」

貴志「ここは」

真樹「少し」

貴志「体調はどうですか。疲労感などは」

真樹「特には」

貴志「違和感に気づいたのは、海外におられた時ですよね。向こうでも同じ診断を」

真樹「はい。胆嚢癌と言われました」

都内ビル・会議室

首都弁護士会セミナーに参加している祐希。

テーマは『少年法について』。

熱心にメモを取っている。

祐希「――」

その会場に、後ろから入って来る一人の弁護士。

セミナー終了後。

祐希が荷物をまとめていると。

野木「(近づいて来て) 梅田祐希先生ですか。アトレ法律事務所の」

祐希「(野木に驚いて) あ。ハイ」

野木「ちょっと、お茶でもいかがですか」
祐希「――」

横浜市立・横浜みなと総合病院・外科診察室

着替え終えた真樹と貴志。
貴志「治療は、どうされますか。しばらくこちらにいるのでしたら、このままうちの病院で治療することも可能ですが」
真樹「考えさせてください」
貴志「わかりました。ただ――治療を始めるなら、早い方がいいと思います」
淡々と。だが、キッパリ言い切る貴志。
真樹「――わかりました」
貴志、PC画面に入力をしながら、
貴志「それと。つかぬことをお伺いしますが、野木さんは、信濃大の出身ですか」
真樹「(少し驚き) ハイ。そうですが――」
貴志。間があって――
貴志「実は、私も、私の婚約者も、信濃大の出身なんです」
真樹「そうですか」
貴志「はい。西村奏といいます」
真樹「(内心の驚き) ――」

横浜地検・中央支部・一角

事件の関係者リストを見つめている奏。
奏「――」
そこに近づいて来る大畑。
大畑「検事を続ける覚悟は、できたようね」
奏「(その声に、振り向く)」
大畑「(メモを差し出し) この人を訪ねてみなさい」
奏「え?」
大畑「多分、お父さんのことを、一番良く知っているはず」
　名前と電話番号が書かれている。
　新里龍一。
奏「（驚き、そのメモを見て）――」

喫茶店（数日後）

　奏が入って行くと。
　奥の席に座っていた中年男性が、緊張した面持ちで、立ち上がる。
　新里龍一（五十代）。
奏「新里さん、ですか」
新里「はい」
奏「西村奏と申します。辻英介の――娘です」
新里「――ハイ」
　新里、奏の顔をじっと見つめ、
新里「立派になられて」
奏「――」
新里「奏さんは、記憶にないかもしれませんが、――何度かお会いしたことがあります」
奏「え」
新里「お父さまの生前と。――亡くなられたあとにも」
奏「そうでしたか。（頭を下げ）――お世話になりました」
　二人、立ったままだと言うことに気づき、
新里「あ。どうぞ――」
奏「はい。失礼します」
　椅子に座り、向かい合う――。
　その様子を少し離れた席に座り、背中で窺っている男がいる。
　（運転席の男＝議員秘書である）
男（背中）「――」

つづく

第 5 話

Destiny *episode:5*

4話のリフレイン

横浜市立・横浜みなと総合病院・外科診察室（4話のつづき）

貴志「それと。つかぬことをお伺いしますが、野木さんは信濃大の出身ですか」
真樹「（少し驚き）ハイ。そうですが――」
　　貴志。間があって――
貴志「実は、私も、私の婚約者も、信濃大の出身なんです」
真樹「（意外で）そうですか」
貴志「はい。西村奏といいます」
真樹「（内心の驚き）――」
貴志「ご存じありませんか」
真樹「（間があって）知ってます」
貴志「――」
真樹「昔、仲がよかった仲間のひとりで。――トモダチです」
貴志「そうですか（内心とは裏腹に、柔らかい表情で少し笑う）」
真樹「そうか。先生みたいな方と、結婚するなんて。かなでも、幸せですね」
貴志「イヤそんなことは」
　　真樹、貴志を真っすぐ見て――
真樹「かなでを、――よろしくおねがいします」

喫茶店・数日後（4話のつづき）

　　店員が、コーヒーを運んでくる。
　　コーヒーを前に。奏、改めて、
奏「お忙しい中、お時間を作っていただき、ありがとうございます」
新里「いえ」
　　と、言いながら、二人を窺う男に気づく新里。

新里「――（奏には気づかれぬように）」
奏「お聞きしたかったのは、父が特捜時代に担当していた、環境エネルギー汚職事件の――」
　と、言いかけた奏に。
新里「ちょっと出ませんか」
奏「ハイ？」
新里「場所を変えましょう（と、伝票を取る）」
奏「（不思議に思うが）わかりました」

都内・喫茶店

　野木が待っている。
　すると。入口のドアが開き、祐希がやって来る。
野木「――」
野木「（祐希に気づき、ちょっと手をあげる）」
祐希「（会釈する）」
　テーブル席で向かい合う野木と祐希。
祐希「マサキくんが、なぜ帰って来たのか？」
野木「真樹から、何か聞いていることはありませんか」
祐希「いえ。特には――」
野木「――（無言で、有無を言わせぬ圧をかける）」
祐希「（ひるんで）あ、ただ――大学時代の友人の十三回忌があったので、それに合わせて」
野木「及川カオリさんですね」
祐希「ハイ（と、言ってしまう）」
野木「他には、何か言っていませんでしたか？たとえば、西村奏さんのお父さん。辻英介さんについて」
祐希「――（言葉に詰まる）」
野木「失礼かとは存じますが。梅田先生が、最近色々ご苦労なさっているとお聞きしています」

祐希「(リストラのことを、なぜ知っているのか。内心の驚き)」
野木「私でよければ、力になりますが」
祐希「――いえ。野木先生にお願いできるようなことでは」

横浜の街～港

歩きながら話す奏と新里。

新里「確かにあの事件の時、僕は東京地検特捜部で、お父さんの直属の部下として、働いていました」
奏「はい」
新里「ですが――」

と、言ったまま黙ってしまう新里。立ち止まる。

奏「――」
新里「残念ですが――僕から、奏さんにお話しできることは何もありません」
奏「(そんなはずはないと思いながら)何もご存じない――ということですか」
新里「――あの事件のあと、僕は検事を辞めました」
奏「――」
新里「検事という仕事の意義が、わからなくなったからです」
奏「検事の仕事の意義?」
新里「僕は何のために、仕事をしてきたのか。辻さんは、なぜ死ななければならなかったのか。真実を追求し正義を貫くはずの検察が(と、言いかけ)――やめましょう。これ以上は(言えないの意味)」
奏「――」
新里「――すみません。僕は、ここで」

と、行こうとする新里に。

奏「待ってください」
新里「（足を止める）」
奏「――何か他に、当時のことを知ることができるものは、ありませんか？　公判記録以外に、何か」
新里「（ふっと笑う）」
奏「？」
新里「やはり、辻さんの娘さんですね」
奏「――」
新里「ノートをつけていました」
奏「――ノート」
新里「当時のことを記録したノートです」
奏「それは今、どこかに」
新里「検事を辞める時に、全て燃やしました。つまり――そういうことです」
奏「――」
新里「ひとつだけ。これだけは言っておきたいのですが――」
奏「――ハイ」
新里「辻さんは、真実から目を背けたくなかった――。だから、死を選んだのだと思います」
奏「――」
新里「死をもって、真実を封じ込めた」
奏「――」

横浜地検・中央支部・奏の執務室（休日）

仕事をする手をふと止め、考えている奏。

奏N「――死をもって、真実を封じ込めた――と、あの人は言った
新里との会話を反芻する奏。

奏「――」

奏N「――封じ込めた――。〝封じ込められた真実〟が、どこかにある？　それがあるとすれば――

加地、入って来て。

加地「西村検事。参考人聴取の時間ですけど」
奏「あ。ハイ」
加地「最近疲れてます?」
奏「え。どうして」
加地「完全に、意識飛んでましたよ」
奏「――(!)」
加地「しかし、なんで参考人聴取は、いっつも土日なんですかね。代休の約束も全然守ってもらえないし」

　聞き流す奏。

奏「――」
加地「どうして、ここまでして仕事しなきゃなんないのかなあ。やってもやっても、たいして報われないし。ただ、人の話聞いて、記録してるだけだし」
奏「――」

加地「ねえ、検事聞いてます? 職場環境向上の一応抗議してるつもりなんすけど」
奏「(かまわず、呟く)ノート」

フラッシュ

・「ノートをつけていました」と言った新里
・「当時のことを記録したノートです」

土手(同・休日)

　河川敷でサッカーをしている若者たち。
　スーツ姿の祐希と、カジュアルな服装の真樹。
　その様子を見ながら

真樹「親父に会った? どこで」
祐希「弁護士会のセミナー。あ、それとこれ名刺」

と、野木の名刺を渡す。（携帯番号、書かれている）

真樹「――」
祐希「マサキの連絡先、知りたいって言われて」
真樹「言ったのか」
祐希「ゴメン。断り切れなくて――。だから。もしも、お父さんから電話とかあっても、驚かないで」
真樹「（ボソリ）いいよ、別に」
祐希「え。いいの？」
真樹「別に、隠してるわけでもないし。こっちも聞きたいこと、山ほどあるし」
祐希「――」
真樹「他に何か言ってなかった？」
祐希「イヤ、特には（目線泳ぐ）」
真樹「――ユウキお前、ホント弁護士とか向いてねえな」
祐希「なんで」
真樹「（それには答えず）浮気とか絶対すんなよ。すぐバレて、トモにボコボコにされる」
祐希「しないよ。そんな恐ろしいこと」

二人、ちょっと笑い――

真樹「トモ、あれからどう？」
祐希「不思議なくらい前と同じに、〝お母さん〟やってる」
真樹「あ、そう」
祐希「子どもってすごいよ。希実がいてくれて、ホント助かってる」
真樹「そっか。大事にしろよ。トモも息子も」
祐希「わかってるよ」

サッカーで遊ぶ若者たちを見る祐希。

祐希「かなでとは？　どうなってんの。その後」
真樹「なんもねえよ。だってケッコンするんだろ」

祐希「らしいけど」
真樹「ただ、親父のことだけは、はっきりさせとかないと。それだけは」
と、宙を見る。その真樹の（やつれた）横顔を見て
祐希「なあ。真樹ちょっと痩せた？」
真樹「別に。前と変わんないよ」
祐希「――」
真樹「なんか、こうやってると、大学時代思い出す」
祐希「そう？」
真樹「暇だったよなあ。あの頃――」
リストラ寸前の祐希は、内心複雑だが。
祐希「だね」
真樹「まあ、俺は今もだけど。なあ、お前なんでスーツなの？　仕事？」
祐希「ウン」
真樹「そっか。大変だな」
祐希「――」

横浜市立・横浜みなと総合病院

勤務中の貴志にメッセージが入る。奏からだ。
貴志「？（と、見る）」
『ゴメンね、仕事中。今日これから長野へ行ってくる』
貴志「（廊下等、人のいない所へ移動し）」
『長野？　今から？』と貴志。
『ウン。ちょっと遅くなるかも』と奏。
貴志「――」
『わかった。どうせ今日当直だし、大丈夫』と貴志。
『（がんばって。スタンプ）』奏。
『気をつけて』

貴志「（と、打ち。スマホを切る）――」

長野

夕景。

奏の実家・玄関

悠子が、買い物から帰って来る。
すると、玄関の鍵が開いていて、奏の靴が脱ぎ揃えられている。

悠子「――？」

同・別の部屋

押し入れの中。何かを探している奏。

奏「――」

父の遺品の段ボール。中身を出す。
アルバム。資料。書籍。文具等々。

奏「（必死に探す）」

フラッシュ

・「ノートをつけていました」と言った新里
・「当時のことを記録したノートです」

記録ノートらしきものは、どこにもない――。

奏「――」

悠子「（来て）奏――どうしたの。帰って来るなら（ひと言）」

奏「お母さん。お父さんて、日記とかつけてなかった？　記録みたいなもの」

悠子「記録？　どうして」

奏「（答えない）――」

悠子「奏、言ったでしょう。お父さんのことはもう」

奏「それじゃ終わらないの！　今のままじゃ」

悠子「(驚き) どうしたの、あなた」
奏「(ハッとし) ごめん」
悠子「――」
奏。言い出すか否か、逡巡があるが――
奏「お母さん――。私、ずっと、お母さんに聞きたいことがあった」
悠子「――」
奏「ずっと聞きたかったけど。――聞けなかったこと」
悠子「(予感がして) ――何?」
奏。思い切って(だが静かな口調で)
奏「お母さんは、どう思ってるの? お父さんが自殺したこと」
悠子「――」
奏「お父さんは、本当に逮捕されるようなことをしたと思ってる?」
悠子「――(黙ったまま)」
奏「何か聞いてないの」
悠子「――(小さく首を横に振る)」
奏「本当に何も?」
悠子「何も聞いていない」
奏「――」
悠子「でも、あの人が――世間で言われたようなことをしたとも思っていない」
奏「じゃあどうして。――離婚したりしたの」
悠子。低く、だがキッパリと。
悠子「お父さんが、それを望んだから。――私たちを守るために」
奏「――だけど! お父さんは、あの頃、いっつも書斎にこもって、何か考えてた。すごく辛そうだった。そのことに、お母さんだって気づいていたでしょう? なのにどうして――」
感情が高ぶり、立ち上がった、その時。
不意に思い出す。

奏「――」

フラッシュ。中学時代の記憶（断片的に次々と）

・書斎のドアの隙間から見えた父の背中。
・何かを呟いている英介。

奏N――アレは

フラッシュ。短く

・その手元に。ボイスレコーダー

奏「!!」

もう一度。段ボールをひっくり返す。

悠子「（呆然とその様子を見ている）」

英介のペンケースの中に――。
ボイスレコーダー。

奏「（呟く）あった」

奏、ボイスレコーダーを裏返す。
すると、シールに日付が記してある。
『2003年5月22日〜2004年9月7日・記録』

奏「（息を呑む）――」

悠子「（も、見つめている）――」

奏N――二〇〇三年五月二二日から、二〇〇四年九月七日。それは、あの事件の発覚から、父が死んだその朝までの日付だった

奏「（ボイスレコーダーを見つめ）――」

横浜

すでに夜になっている。

奏のマンション・外

近づいて来る男の足。

チャイムの音が鳴る。

同・内〜玄関

ひとり、じっと座っていた奏。

奏「（ハッとして、ドアを開ける）」

ドアの向こうに立っている真樹。

奏。真樹。

見つめ合う――。

奏「どうぞ。入って」

真樹「――」

同・リビング

遠慮がちに入る真樹。

そこは、あきらかに二人暮らしの部屋だ。

真樹「――（どこに座ったらいいのか。戸惑う）」

奏「そこ。座って」

真樹「うん（と、座る）」

奏「ごめんね。来てもらって。でも、誰かに聞かれたら、困るから」

と、ボイスレコーダーを出し、テーブルの上に置く。

真樹「――」

奏「父が記録を遺してた」

ボイスレコーダー。

真樹「――聞いたの？」

奏「――（黙ったまま）」

真樹「――」

奏「一緒に聞いてほしい――」

奏。ボイスレコーダーのスイッチを入れる。

奏「――」

真樹「――」

無音が、しばらく続く――。

やがて。英介の肉声が聞こえて来る。

英介の声「これは、二〇〇三年に起きた、環境エネルギー汚職事件の記録である」

　『環境エネルギー汚職事件の記録』という言葉に、ハッとする真樹。

真樹「――」

奏「――（緊張した面持ちで、聞き始める）」

英介の声「二〇〇三年五月。国会議員東《あずま》正太郎《しょうたろう》が、重機メーカー山上重工業から二千万の資金提供を受けた疑惑が浮上。山上重工業に環境エネルギー事業の補助金二億円が下りるよう便宜を図った〝見返り〟としての金である」

英介の声「我々東京地検特捜部は、すぐに捜査を開始した。主任検事は、私、辻英介」

　・家宅捜索に入る英介（第3話より）

英介の声「捜査は順調に進み、事件発覚から約一か月後。東議員と山上重工業副社長が逮捕された」

　・東議員、山上重工業副社長の逮捕の様子

英介の声「だが、取り調べは難航――」

英介の声「二〇〇三年六月三〇日。東議員の取り調べ。朝九時から、夜十時まで。東正太郎議員は収賄を否定。賄賂ではなく政治献金と言い張る」

英介の声「七月三日。逮捕から十日が経過。自白が取れない。上は焦り始めている。政治家を逮捕した以上、不起訴というわけにはいかない」

東京地検・特捜部・取調室（2003年・7月3日）

　東議員を取り調べる英介

　（英介の取り調べは丁重。恫喝等はな

い）

英介「山上重工業の副社長と二月七日二〇時に、琥珀楼でお会いになり、二時間ほど過ごされていますが、この時に口利きを頼まれたのではないですか」

東議員「そのような事実はありません」

英介「しかし、このあとすぐ、二月十一日に後援会の口座に五百万円が入金されています。その後、三日後に五百万円。七日後に一千万円。計二千万」

東議員「私の政治活動への支持であり政治献金です」

深夜。時計の針だけがカチカチと進んで行く。

英介「では、もう一度お聞きします。琥珀楼で、山上重工業の副社長とは、どんな内容の話をされましたか（等、つづいて）」

奏のマンション

英介の声「七月五日。突如、東議員の関与を裏付ける決定的な証拠が見つかる。議員秘書が、官僚へ補助金交付の便宜を図るよう指示したメールを入手」

・ガラケーメールの（接写）画像写真

『A先生より、例の件くれぐれもよろしくとのこと』

英介の声「この客観的証拠は、何よりも重要だ。チーム一同大いに沸き立つ。これで追い込める。起訴は確実と、高揚」

・大喜びする検事一同

・その中の英介。ひとり冷静な様子

英介の声「だが、その出どころが、はっきりしない。なぜ今になって。誰が？　どんなルートで？」

奏「(不穏を感じさせる英介の言葉に、鼓動が高まる)」
真樹「(も、また、より緊張が増す)――」
英介の声「七月七日。議員秘書、取り調べ。秘書、東議員の指示で、官僚へメールを送ったと、あっさり認める。だが――」

東京地検特捜部・一角(2003年・7月7日)

英介が新里と話している。

新里「やはり、辻さんもそう思われますか」
英介「あまりにも出来過ぎていないか。このタイミングで証拠メールが出て来る。秘書は簡単に認める。入手経路も、いまひとつはっきりしない」
新里「確かに、違和感はあります」
英介「こういう時は、少し慎重になった方がいい。特に政治家がらみの事件の時は」
新里「でももう、部長のGOサインは出ている訳ですし。難しいんじゃないですか」
英介「だからと言って、安易に起訴するのは危険だ。充分な裏付けを取るべきだな」

奏のマンション

聞いている奏と真樹――。

英介の声「七月十日。上に意見具申。だが、〝問題なし、起訴しろ〟との指示」

東京地検・特捜部・一室(2003年・7月10日)

部長に(起訴)書類を渡される英介。

英介「このまま起訴するのは、危険です。もう少し裏付けを進めさせてもらえませんか」
部長「これだけの証拠が揃ってるんだ。もう充分だろう。さっさと自白をとって起訴しろ」

奏のマンション

英介の声「七月十四日。上に再三の意見具申。だが認められず」

聞いている奏。そして真樹。

奏「（心が痛い）――」

真樹「――」

英介の声「七月十五日。国会議員東正太郎と山上重工業副社長を、贈収賄で起訴。新聞各社大いに取り上げる」

奏。

突然、ボイスレコーダーのスイッチを切る。

奏「――」

真樹「？」

奏「ここから先が、裁判だけど。――いい？」

真樹「（父のことなのだ。と、理解し）――あの人が出て来るってこと」

奏「（うなずく）」

英介の声「九月九日。第一回公判。東議員の担当弁護士は、野木浩一郎君。十五年ぶりの再会」

真樹「――（ドキリと）」

奏「――」

東京地方裁判所・ロビーもしくは廊下

立ち会い検事として公判へ向かう英介。

その背中に、野木の声。

野木の声「辻さん！」

英介「（振り向くと）」

四人の若手弁護士を連れ、立っている野

木。

野木「お久しぶりです」

英介「あぁ。久しぶりだな（と、笑顔で）。独立したんだって？」

野木「小さな事務所ですが。今回は、よろしくお願いいたします」

英介「こちらこそ。お手柔らかに頼むよ」

同・法廷・第一回公判

罪状認否が始まっている。

弁護人席には、野木を筆頭に若手弁護士。

検事席には、特別公判部の検事二名と、

立ち会い検事として英介がいる。

東議員「私は無罪です。天地神明に誓って、私はそのようなことをやっておりません」

英介「――」

裁判官「弁護人のご意見は？」

野木「ハイ。（と、立ち上がり）まずもって、私が裁判官に訴えたいのは、この事件は、明らかに作られたものであるということです」

英介「――（内心の衝撃）」

野木「検察が証拠として提出しているメールは、全くのでたらめであり、何者かの手によって捏造されたものであることは、明らかです」

法廷内に、ざわめき。

英介「――（次第にその顔は、蒼白に）」

野木「検察は、それを知りながら、議員を起訴した」

英介「――」

野木「これは明らかに、検察の暴走であり、不当な国家権力の行使です！」

奏のマンション

英介の声「捏造？　検察が？　それと知りなが

ら？　野木君のやり方は強引すぎる」
真樹「（捏造？　やはり父が仕組んだのか。と、ドキリと）――」
奏「（心痛に耐えるように）――」
英介の声「だが、初めから不可解なメールではあった」
英介の声「十月七日。第二回公判。秘書への尋問」

東京地方裁判所・法廷・第二回公判・秘書尋問

野木「あなたは辻検事に供述を強要されたとのことですが、間違いありませんね」
秘書「はい」
野木「具体的にはどのようなものでしたか」
秘書「メールをつきつけられ、これを送っただろうと言われました。私がメールに覚えがないと言うと、いきなり胸倉を掴まれ嘘をつくなと言われました」

検事席の英介。

英介「（呆然と）――」
英介の声「十一月十三日。第三回公判。官僚への尋問。官僚もまた、証言を覆す。身に覚えのないことだ」

同・法廷・第三回公判・官僚尋問

官僚「辻検事に、〝議員から圧力をかけられ、補助金を出したと言え〟と、言われました」
野木「強要したのは、主任検事の辻氏に間違いありませんね」
官僚「はい。その日はなぜか辻検事が来て、〝早く本当のことを話せ。このままでは、あんたも逮捕することになる。それでもいいのか〟と脅されました」

英介。野木を、キッと見る。

英介「――」

だが、野木は、平然と無視。

奏のマンション

英介の声「十二月十五日。第四回公判。証人尋問に呼ばれる」

（いよいよ、直接対決なのだと）固唾をのみ、

聞く二人。奏。真樹。

奏「――」

真樹「――」

東京地方裁判所・法廷・第四回公判・証人尋問

弁護人席の野木。証人尋問を受ける英介。

野木「証拠となる携帯メールを特捜部が入手したのはいつですか」

英介「七月五日です」

野木「それ以前に、携帯電話は証拠として提出されていなかったのですか」

英介「任意提出されていました。が、メールは削除されていました」

野木「なぜ、七月五日に出て来たのですか」

英介「特捜部に情報提供があったからです」

野木「メールが本物であるかどうか、どうやって判断したのですか」

英介「送信者である議員秘書に確認しました」

野木。メール画像の資料を取り出し、

英介に見せ

野木「このメールの送信日時は、いつになっていますか」

英介「――。二月十日十四時二三分です」

野木、病院の検査結果等の資料を見せ、

野木「その時間、秘書は青葉大附属病院の人間ドックで、胃カメラ検査をしていたことが、わかっています。検査室に携帯電話は持ち込めず、また、使用できる状態でもありませんでした」

英介「――」

野木「このメールを、秘書が送ったと考えるには、無理があります」

英介「――」

野木「検察は、このメールを第三者が捏造したものであると知りながら、議員を起訴したのではありませんか」

英介「違います。議員秘書も自らメールを送ったと供述しました」

野木「彼は、証人尋問で、あなたにメールを突きつけられ、脅されたと言っています」

英介「そんなことは、一切ありません！　事務官も立ち会っていたはずです」

野木「恫喝は、事務官が席を外した時に、行われたと言っています」

英介「――！」

英介の声「この一方的な翻意は、何だ。これは仕組まれたもの？」

野木「辻検事。検察は、現職国会議員逮捕という大仕事に前のめりになり過ぎたのではありませんか。だから、どんなことをしてでも、証拠を揃えたかった」

英介「――」

英介の声「あきらかに野木君は、検察に。いや、私にターゲットを絞っている」

野木「あなたは主任検事として、成果を上げるために、どうしても東議員を起訴したかった。違いますか」

英介の声「野木浩一郎は、かつての同僚。優秀な人材だ。彼が勝つためにこれを仕組んだ？　だが、まさか——

・マスコミキャンペーンをはる野木の記者会見
「検察によって事件が捏造されたのです。主任検事による自白の強要は許されるものではありません。検察の権威の失墜。先走りです。ありえません」（一部は3話シーン11）

奏のマンション

悲痛な面持ちで聞く奏。

奏「——」
真樹「（ショックと怒りが込み上げる）」

同・法廷・判決（2004年）

英介の声「八月十七日。判決」
裁判官「被告人は無罪」
英介「——（覚悟して、受け止める）」
英介の声「東議員は無罪となる」

同・廊下

閉廷後、一人歩く英介。
前方から来た野木とすれ違う。

英介「——」
野木「（黙礼し、去る）」

スローモーション（のイメージ）
英介「（その野木の姿を。振り返り見る）——」
凍りつき、怒りに震えた顔で。

奏のマンション

泣きそうな顔の奏。

奏「——」

父への怒りと共に、奏を気遣う真樹。

真樹「――（小さく）かなで」

奏「（泣きそうな顔。だが、堪えて、ちょっとうなずく）」

英介の声「九月一日。四面楚歌。主任検事逮捕の噂。おそらく私は、全責任を取らされ、懲戒免職になるだろう。組織は私を見捨てた」

・主任検事逮捕か！　等の新聞記事（1話より）

・興味本位で書き立てる週刊誌記事（1話より）

・東京地検・内　英介から目線を反らし仕事する同僚検事たち

英介の声「もはや、誰一人味方はいない。周囲は皆、口をつぐみ、私から去って行く」

英介の声「自分が信じていた組織は何だったのか。私は断じて事件の捏造などしていない。だが、真実は葬られるのか。自分の信じて来た正義はどこにあるのか」

英介の声「なぜあの時、もっと強く上に、起訴を急ぐなと言えなかったのか。それは、私自身もまた、組織の中にいて、組織に呑み込まれたひとりだった、ということなのか」

涙を堪え、聞いている奏。

奏「――」

真樹はもう、その奏の顔を見ることができない。

英介の声「九月七日。絶望。もはや逮捕、起訴は逃れられない」

・書斎にいる英介の背中

英介の声「私にできる唯一のことは、真実をここに明かすことだけ。たとえ誰もこの記録に気づかなくてもいい。私は私の正義を貫く。唯一真実《それ》を知ってほしいのは、家族のみ」

奏「――」

奏のフラッシュ。若き日の英介

・「カナカナと」言った英介

・夕暮れの道を一緒に歩いた英介

英介の声「時が来たら、いつか奏には知ってほしい。父の本当の姿を。さようなら。奏。父を許せとは言わない。憎んでもかまわない。だが、父は自身の正義を貫くために身を挺し、真実をここに記す」

奏、聞き終え、ボイスレコーダーのスイッチを切る。

奏「――」

奏。真樹。

しばらく黙ったまま、じっと座っている。

奏「――（その目に涙が、つたう）」

真樹「――」

真樹。口の中で小さく

真樹「（呟く）やっぱり、アイツが――」

奏「（流れ出す涙を堪え）マサキに聞かせていいのか――。すごく迷ったけど」

真樹「――」

奏、（涙を堪え）検事らしく、まっすぐに真樹を見つめ

奏「でも、これが――私がつきとめた真実」

真樹「（黙ったまま何も言わない）――」

その顔は、蒼ざめている。

奏「子どものころ。——父に聞いたことがあった。お父さんの仕事は何って」
真樹「——」
奏「そしたら——正義をつらぬくこと、だって」
真樹「——」
奏「でも私は、どんなことがあっても、生きてほしかった。生きてもう一度、一緒に笑ったり、話したり、したかった。だって、どんな罪に問われたとしても、お父さんは、お父さんなんだから。そのことに（変わりは）——」
　と、言いかけ——堪えきれず、涙が目からふき出す。
真樹「かなで」
　なすすべもなく。奏をただ見つめることしかできない真樹。
奏「（ポツリ）私たち。もう、会うのはやめよう」
真樹「——わかった」
　真樹。長い間があって——
奏「——」
真樹「そうだな」
　真樹、そう言うと。
　フラフラと立ち上がり、部屋の外へ。
奏「——」
　カタンと、廊下のドアが閉まる。
　奏は、真樹を見ない。見送りもしない。
奏「——」
奏N——もう二度と会うことはないんだ。と、思った。これでいい。これが、私たちの——運命
　が、その時。
　ドアの向こうで、ガタガタンッと何かが倒れる音。
奏「（驚き、音のした方を見る）?!」
　慌てて出て行く奏！

同・廊下～洗面所

すると、真樹が床に倒れている。

奏「（驚き）マサキ――」

真樹の顔は蒼白。額には脂汗。

尋常ではない苦しみ方だ。

真樹「（右背部から側腹部にかけて激痛が走る）」

奏、思わず駆け寄り、真樹の体を抱き支える。

奏「――どうしたの。大丈夫。どこか痛いの」

（まるで、ラブシーンのように）

真樹「――イヤ」

激痛に耐える真樹。

奏「（小さく）救急車――。呼ぶ？」

真樹「いや、こうしてれば、治る（と、激痛に顔を歪める）」

奏「でも」

真樹「ほらオレ、悪いことばっかしてるから」

激痛に耐えながら、冗談を言う真樹。

奏「（本気で怒り）やめて！　そういうこと言うの」

真樹「（笑おうとし、痛みに顔が歪む）」

ただ事ではないと思う奏。

奏「ちょっと待って。そのまま、動かないで」

奏。スマホを取り出す。

奏「――」

逡巡があるが――貴志に電話してしまう。

響く呼び出し音。

横浜市立・横浜みなと総合病院・夜間救急出入口・廊下（深夜）

貴志が待っている。

貴志「――」

奏に抱きかかえられるようにして、入って来る真樹。

貴志「（内心穏やかではないが）奏」
奏「貴志――」
貴志「（すぐに医師の顔になり）野木さん。痛みますか？　痛むのはどのあたりですか」
真樹「（覚悟はしていたが、貴志に対し気まずく）――はい。脇腹から背中にかけ――て（再び激痛）ううっ」

奏。貴志が真樹を〝野木さん〟と、呼んだことに、驚いている。

奏「――」
貴志「すぐに処置室へ運びましょう。（看護師に）生食500でラインキープしてペンタゾシンを準備」
看護師「ハイ（と、準備を始める）」
貴志「（奏に）痛み始めたのはいつ？」
奏「電話をかけた直前。四十分くらい前」
貴志「それからずっと続いてるの？」
奏「（うなずき）うん」
貴志「どこで？」
奏「――」

奏。ドキンと凍りつく。だが、言ってしまう。

奏「（間があって）うち」
貴志「（内心の衝撃。だが冷静に）マンション、ってこと？」
奏「（うなずく）」
貴志「――」
看護師「（来て）先生、準備できました」
貴志「ハイ！　じゃあ。そっちへ運んで（等指示して）」

同・処置室前・廊下

奏が、待っている。

奏「――」

　　　するると、処置を終えた貴志が出てくる。

奏「(思わず立ち上がる)」
貴志「大丈夫。鎮痛剤で、痛みは収まったから」
奏「――ありがとう」
貴志「(ありがとう、という言葉にカチンと来るが。必死に自分を抑え)――ちょっといい?」
奏「(ドキンと)え」
貴志「ちょっと、向こうで話そう」
奏「――(うなずく)」

同・処置室

　　　簡易ベッドに横になっている真樹。
　　　腕には、痛み止めの点滴等。

真樹「(天井を見つめている)――」

同・廊下の隅・待合ソファ

　　　気まずく向かい合う奏と貴志。

貴志「(ポツリ)どういうこと」
奏「え」
貴志「だから。どういうことかって、聞いてる」
奏「――。あの――どこから話したらいいのか、わからないけど。彼は――大学時代のトモダチで」
貴志「――」
奏「昔、話したことがあったでしょう? カオリっていう同級生が、事故に遭って。その時に、行方不明になった――」
貴志「――」
奏「彼と、父のことで、話さなきゃならないことがあって」
貴志「お父さんのこと?」
奏「(うなずく)」
貴志「――」
奏「それで――。彼を家に呼んだ。絶対、誰にも聞かれたくない話だったから――」
貴志「誰にも？」
奏「ウン」
貴志「それは――僕にも話せないこと？」
奏「（言葉に詰まる）――」
その時。（これまで声を荒らげたことなどない貴志が、）
貴志「（大きく）僕は――ッ！」
奏「！」
貴志「（必死に感情を抑え）僕は――君と結婚するつもりだし、そうしたいと思って来た。君を――裏切ったことも。一度もない。でも、君のやっていることは――」
貴志の膝の上。握りこぶしが震えている。
そして、貴志の目にかすかに浮かぶ涙。
涙に気づき、ハッとする奏。
奏「――ごめんなさい」
貴志「――」
奏「本当に――ごめんなさい」
貴志「――」
奏「でも、私にとって――大切な人は、貴志だよ」
貴志「――」
奏「あの時。カオリの事故の後。ボロボロになってた私を助けてくれたのも、貴志」
貴志「――」
奏「そこから、十年以上も――過ごした時間がある」
貴志「――」
奏「マサキとは、付き合ってた。でも今は、〝トモダチ〟でしかない」
貴志「――」
奏「もう、会わないし。会う気もない」

同・廊下（死角になっている場所）

点滴を下げた真樹が立っている。

真樹「——」

奏と貴志の会話を聞いている。

真樹。

そっと、その場を離れる。

横浜の街

夜明け

横浜市立・横浜みなと総合病院（朝）

病院を出た真樹が、ひとり歩いている。

行く当てもなく、歩く。

奏のマンション

一睡もできなかった奏が、ソファに座っている。

傍らには、ボイスレコーダー。

ドアの開く音に、ハッと顔を上げる。

奏「——」

当直明けで帰宅する貴志。

二人、気まずい空気だが

奏「おかえり」

貴志「——起きてたんだ」

奏「眠れなくて」

貴志「仕事じゃないの。今日」

奏「そうだけど」

貴志、そのまま何も言わず、着替え始める。

奏「——」

奏。

思い切って——ボイスレコーダーを手にして、

奏「コレ。——時間がある時に、聞いて」

貴志「何?」
奏「父の――（言い直し）父が、事件から、自殺するまでのことを遺してた」
貴志「――（内心の衝撃）」
奏「これを、聞いてたの」
貴志「どうして」
奏「父と真樹のお父さんのことが、録音されていたから」
貴志「（受け取る）――」

それを、そっと（大切そうに）サイドテーブルの上に置き――

それから、シャツを脱ぎ始める。

が、不意にその手を止め、

貴志「ひとつだけ――。奏に言っておきたいことがある」
奏「（ドキッとし）何?」
貴志「（奏の目を見ずに）彼は癌だよ。それもかなり重篤な」
奏「（驚き、言葉を失う）――」
貴志「すぐに治療をさせるべきだと思う」
奏「――どうして。それ」
貴志「僕が主治医だから。彼の」
奏「――」

野木邸

その前に佇む真樹。

真樹「――」

スマホを取り出し、電話をかける。

呼出音が鳴り、相手が出る。

野木の声「――真樹か」
真樹「――（間があって）ハイ。今、家の前にいます。話があります」

同・玄関

扉が開き、野木が姿を現す。

野木「入りなさい」

真樹「(鋭い目線で、野木を見つめる)――」

夜空(時間経過)

珍しく星の美しい夜。

鳴り響く消防車のサイレンの音。

野木邸・近く

炎に包まれている野木邸を――

呆然と見ている真樹。

真樹「――」

燃え盛る野木邸のすぐ前で立ち尽くしている。

その時。誰かが乗った自転車が近づいてくる。

真樹「?(と、振り向く)」

警察官だ。

警察官「ちょっと君! 何してるんだ!」

真樹、ぼんやりとした口調で。

真樹「――オレが、燃やしました」

横浜地検・中央支部・奏の執務室(深夜)

仕事をしている奏の電話が鳴る。

貴志からだ。

奏「(ドキリとし、出る)ハイ」

貴志の声「奏。今、ニュースで、野木さんのお父さんの家が、火事になったって、言ってる」

奏「え」

貴志の声「それも放火で。火をつけたのは、息子の野木真樹さんだって」

奏「――」

つづく

cast キャスト

西村 奏 …… 石原さとみ

野木真樹 …… 亀梨和也

奥田貴志 …… 安藤政信

森 知美 …… 宮澤エマ

梅田祐希 …… 矢本悠馬

加地卓也 …… 曽田陵介

•

及川カオリ …… 田中みな実

•

大畑節子 …… 高畑淳子

辻 英介 …… 佐々木蔵之介

野木浩一郎 …… 仲村トオル

他

tv staff テレビ スタッフ

脚本
吉田紀子

音楽
得田真裕

主題歌
椎名林檎「人間として」（EMI Records／UNIVERSAL MUSIC）

ゼネラルプロデューサー
中川慎子（テレビ朝日）

プロデューサー
浜田壮瑛（テレビ朝日）／森田美桜（AOI Pro.）／大古場栄一（AOI Pro.）

監督
新城毅彦／星野和成／中村圭良

制作協力
AOI Pro.

制作著作
テレビ朝日

book staff ブック スタッフ

ブックデザイン
竹下典子（扶桑社）

DTP
見原茂夫（ディアグルーヴ）

編集
宮川彩子（扶桑社）

Destiny シナリオブック〈上〉

発 行 日　2024年5月31日　初版第1刷発行

脚　　本　吉田紀子

発 行 者　小池英彦
発 行 所　株式会社 扶桑社
〒105-8070
東京都港区海岸1-2-20　汐留ビルディング
電話　03-5843-8843（編集）
　　　03-5843-8143（メールセンター）
www.fusosha.co.jp

企画協力　株式会社テレビ朝日

印刷・製本　サンケイ総合印刷株式会社

定価はカバーに表示してあります。

ISBN 978-4-594-09780-6